किशोर कथा माला

आदमखोरों के देश में

जूले बर्ने के उपन्यास
Among the Cannibals
का हिन्दी अनुवाद

वाणी प्रकाशन

वाणी प्रकाशन का 'लोगो'
विख्यात चित्रकार मक़बूल फ़िदा हुसेन की
कूची से

ISBN : 978-93-5229-446-6

वाणी प्रकाशन
21-ए, दरियागंज, नयी दिल्ली-110002
द्वारा प्रकाशित

फोन : 0091#11#23273167, 23275710
फैक्स : 0091#11#23275710
ई-मेल : vaniprakashan@gmail.com
vani_prakashan@yahoo.com
वेबसाइट : www.vaniprakashan.com

मूल्य : 125.00

संस्करण : 2011

शुभम ऑफसेट, दिल्ली-110032
में मुद्रित

AADAMKHORON KE DESH MEIN
by Jule Barne

परिच्छेद 1

ग्रांट का कुछ पता न चल सका। वे सब बिल्कुल निराश हो गये। अब तो वे वापस अपने देश भी न जा सकते थे। क्योंकि उनका जहाज डंकन, जिस पर बैठकर वे कैप्टन ग्रांट की खोज में निकले थे, टकरा कर तहस-नहस हो चुका था। इस समय वे अपने टूटे हुए जहाज को छोड़कर काफी आगे निकल आये थे। हार ! इस शब्द का प्रतिध्वनि गूँज कभी भी एक वीर मनुष्य के दिल में नहीं होती, परंतु दुर्भाग्य का खेल ग्लीनारवान अपनी घर मानने को मजबूर था।

इस दुर्घटना के समय मेरी ने, अपने पिता की तरह, अपना धैर्य न छोड़ा। अपने दुख को भरसक दबाने की कोशिश करती हुई वह श्रीमती ग्लीनारवान को ढांढस बँधाने लगी। जॉन मैंगिल्स उसके धैर्य को देखकर बहुत प्रभावित हो गया। उसने कहा कि अभी कैप्टन की खोज जारी रहेगी। उसके होंठ हिले ही थे कि मेरी ने उसके चेहरे क़ो देखकर ही समझ लिया कि वह क्या कहना चाहता है। उसने इशारे से मना करते हुए कहा–

''पहले तो हमें उनके विषय में सोचना चाहिए जो इतना दुख उठा रहे हैं। श्री ग्लीनारवान को अब यूरोप लौट जाना चाहिए।''

''आपका कहना ठीक है, कुमारी मेरी'', जॉन मैंगिल्स ने जवाब दिया, ''अंगरेज अधिकारियों को डंकन के हालात के बारे में पता होना चाहिए, परंतु आप दुःखी न हों। मैं अकेला ही उनकी खोज करूँगा, चाहे जान की बाजी क्यों न लगानी पड़े।''

जॉन ने आखिरी शब्द बड़ी गहराई से कहे। मेरी का दिल सम्मान से भर उठा। उसने अपना हाथ युवक मैंगिल्स के हाथ में दे दिया। उन सबने यहाँ से

फौरन मेलबार्न की ओर चल देने का निश्चय किया। वहाँ पहुँचने के दूसरे दिन जॉन पता लगाने निकल पड़ा कि कौन से जहाज यात्रा पर जा रहे हैं।

जहाज बहुत कम थे। टू फोल्ड बे पर केवल तीन जहाज खड़े थे। तीनों व्यापारियों के लिये थे। मेलबार्न, सिडनी या पौइंट डी गोल की ओर कोई भी न जा रहा था।

क्या किया जाये ? दूसरे जहाज के आने की राह देखी जाये ? बहुत दिनों तक इंतजार करना पड़ सकता था। क्योंकि जल्दी-जल्दी वहाँ जहाजों का आना-जाना नहीं होता। काफ़ी देर बाद ग्लीनारवान ने सलाह दी कि समुद्र के किनारे चल कर सिडनी पहुँचा जा सकता है। पैगानेल ने भी कोई सलाह दी। परंतु यह यात्रा आसान न थी।

उनमें से एक जहाज आकलैंड जा रहा था। आकलैंड न्यूजीलैंड के उत्तरी द्वीप की राजधानी है। पैगानेल ने कहा कि क्यों न वे इसी के द्वारा चलें। आकलैंड पहुँचकर पेनिनशुला कंपनी के जहाजों की मदद से वे यूरोप आसानी से पहुँच सकेंगे। पाँच-छः दिन से अधिक न लगेंगे। न्यूजीलैंड तथा आस्ट्रेलिया के मध्य का अंतर 1000 मील से अधिक न होगा। आकलैंड 37वीं अक्षांश पर स्थित हैं इसी मार्ग पर आस्केनिया भी पड़ता है।

जॉन मैंगिल्स ने इस योजना का स्वागत किया। सभी यात्रियों ने अपने-अपने तरीकों से इस विषय में विचार कर लिया। ग्लीनारवान, मेजर, पैगानेल, बालक राबर्ट तथा जॉन एक नौका पर सवार हो गये। जहाज किनारे से केवल दो रस्सों की दूरी पर था। केवल कुछ डाँड़े चलाने पर ही वे वहाँ पहुँच गये। दो मस्तूलों के उस जहाज का नाम मैक्वेरी था। उसका बोझ 250 टन से कम न होगा। जहाज के कप्तान या मालिक ने आनेवालों का स्वागत अजीब ढंग से किया। वे फौरन समझ गये कि एक गँवार व्यक्ति से पाला पड़ा है। बड़ा लाल चेहरा, मोटे हाथ, चपटी नाक, सिगार से काले पड़ गये होंठ तथा केवल एक आँख वाले विल हैली बड़ा अजीब लग रहा था। लेकिन उनके पास और कोई चारा न था। उन्हें तो उस जहाज से जाना ही था। फिर कप्तान से अधिक संपर्क रखने की आवश्यकता भी क्या थी।

"तुम लोग क्या चाहते हो ?" जहाज पर यात्रियों के पैर रखते ही विल

हैली ने पूछा।

"कप्तान से मिलना चाहते हैं।" जॉन ने जवाब दिया।

"मैं ही हूँ," जवाब मिला।

"जहाज में क्या-क्या जाएगा ?"

"सभी वस्तुएँ जो खरीदी-बेची जा सकती हैं।"

"रवाना कब होगा ?"

"कल बारह बजे, बस।"

"क्या आप कुछ यात्रियों को अपने साथ ले सकते हैं ?"

"यह तो यात्रियों की मरजी पर है," थोड़ी देर बाद उसने पूछा, "वे अपना भोजन यहीं लेंगे ?"

"नहीं। उनके पास अपना भोजन है।"

"कितने लोग हैं ?"

"कुल मिलाकर नौ। उनमें दो स्त्रियाँ हैं।"

"अच्छा।"

"आपको मंजूर है ?" जॉन ने उसके व्यवहार की परवाह न करते पूछा।

"धन क्या मिलेगा ?"

"आप चाहते कितना हैं ?"

"पचास पौंड।"

ग्लीनारवान का इशारा पाकर जॉन ने कहा—"मंजूर है।"

"मैं कुछ धन पेशगी के रूप में चाहता हूँ।"

"यह रहे पचास पौंड," जॉन ने गिनकर उसके हाथ में देते हुए कहा। कप्तान ने बिना धन्यवाद दिये अपनी जेब भर ली।

"कल दोपहर से पहले जहाज पर पहुँच जाओ। मैं तुम्हारा इंतजार न करूँगा।"

"हाँ, हम जरूर पहुँच जाएँगे।"

वे वापस लौट आये। चलते समय विल हैली ने नमस्ते का जवाब भी न दिया।

"अजीब जानवर है!" जॉन ने कहा।

"रीछ है, रीछ !" मेजर ने गुस्से से कहा।

“गलती से मनुष्यों में घुस आया है,” जॉन बोला।

“खैर, हमें तो आकलैड तक ही उससे मतलब है,” ग्लीनारवान ने कहा।

मेरी ग्रांट तथा हेलेना को भरोसा हो गया कि अगले दिन उन्हें यात्रा पर निकलना है। ग्लीनारवान ने उन्हें बतलाया कि वे डंकन के सपनें न देखें। मैक्वेरी में उन्हें वह आराम न मिलेगा। ऑलबिनेट डंकन में बाबर्ची का काम करता था। डंकन के टकराने पर उसकी स्त्री भी दूसरे व्यक्तियों के साथ डूब गयी थी। वह बड़ा दुखी रहता था। परंतु उससे कभी कोई ग़लती नहीं होती थी। जहाज टकराने के बाद उन्हें एक व्यक्ति मिला था, जिसने इन यात्रियों को धोखा दिया था। उसने इन व्यक्तियों का सामान जहाज से उतरवाकर बैलगाड़ियों में लदवा दिया था तथा ठिकाने तक पहुँचाने का भरोसा दिलाया था। परंतु एक रात उन्हें बेहोशी की दवा खिलाकर तथा उनके सभी जानवरों को मारकर उन्हें दलदल में छोड़कर वह भाग निकला था। उस समय ये लोग अपने डंकन से काफी दूर पहुँच चुके थे।

आज जब आकलैंड जाने के लिये जहाज मिल गया था, एक बार दुबारा उनके दिल में डंकन देख पाने की इच्छा पैदा हो गई। समुद्र के किनारे काफी दूर तक खोज करने पर भी जहाज का कोई निशान न दिखाई पड़ा। दूरबीन से देखने पर भी कुछ न दिखा। उन्हें भरोसा हो गया कि वह बदमाश डंकन की मरम्मत कर उसे लेकर भाग गया है।

जॉन मैंगिल्स ने सावधानी से समुद्र-तट के हर हिस्से को छान मारा; परंतु वहाँ जहाज के टूटे हुए टुकड़े न मिले। हाँ एक स्थान को देखकर ऐसा लगा जैसे यहाँ पर पड़ाव डाला गया हो। जमीन पर अधबुझी आग बिखरी थी। एक पीले-भूरे से रंग का कोट तथा एक फटा चिथड़ा पेड़ के नीचे पड़ा था। इससे साबित होता था कि डंकन उड़ा ले जानेवाले बदमाश अधिक दूर न थे।

“देख रहे हो जॉन, बदमाश यहाँ थे और उनके साथ बेचारे डंकन के यात्री भी—”

“हाँ,” जॉन ने दुखी हो कहा, “परंतु अब वे कहाँ हैं। अब वे संसार छोड़ चुके होंगे (डंकन के यात्री)।”

“अगर मेरे सामने पड़ जाएँ तो उन्हें कच्चा चबा डालूँ।” ग्लीनारवान गुस्से से चीख पड़े। वे लहरों की ओर लगातार देख रहे थे। मानो कोई जहाज सामने

से गुजरनेवाला हो। क्षण भर आँखें बंद कर कुछ सोचने के पश्चात् वे घोड़े पर सवार हो गये तथा पूरी शक्ति से घोड़ा दौड़ाने लगे। वे मैजिस्ट्रेट के पास पहुँचे तथा उन्हें सारी घटना कह सुनाई। जल्द ही खबर मेलबार्न तथा सिडनी के अधिकारियों तक पहुँचा दी गयी।

यह काम निपटा कर ग्लीनारवान होटल लौट आये। यात्रियों की शाम बड़ी उदासी से कटी। केपबरनौली पर उनके दिल में सुनहरी आशाएँ थीं। परंतु टू फोल्ड बे पर आते ही वे बिखर गयी थीं। जॉन ने देखा पैगानेल बहुत बेचैन है, वह रह-रहकर कुछ कहना चाहता था परंतु कह न पाता था। जॉन के बहुत पूछने पर भी उसने कुछ न बताया।

शाम को जॉन उसे अपने कमरे में ले आया तथा दुबारा उससे सवाल करना शुरू किया।

"कोई खास बात नहीं है," पैगानेल ने टालने की कोशिश की।

"नहीं। कोई बात तो जरूर है।"

"हाँ ! अब मैं छिपा न सकूँगा।"

"क्या ?" जॉन ने उतावलेपन से पूछा।

"पता नहीं क्यों न्यूजीलैंड जाते हुए मुझे दुःख भी हो रहा है, और खुशी भी।"

"क्या कोई नया समाचार मिला है ? साथियों का कोई निशान मिला है क्या ?" जॉन ने पूछा।

"नहीं, दोस्त ! आज तक जो भी वहाँ गया है, लौटकर नहीं आया। परंतु मनुष्य का स्वभाव तो जानते ही हो। हमें जीवित रहना है, केवल आशा के बल पर ही। यही मेरा मंत्र है।" उसने बेरुखी से कहा।

परिच्छेद 2

दूसरे दिन, 27 जनवरी को वे मैक्वेरी पर पहुँच गये।

आदतन भी हैली ने स्त्रियों से केबिन में रहने को नहीं रहा। दोपहर के बाद एक छोटा-सा भाटा आया और उनकी यात्रा शुरू हो गयी। विल्सन ने हैली की कुछ मदद करनी चाही परंतु उसने मना कर दिया कि हर बात में टाँग अड़ाने की कोई जरूरत नहीं है।

जॉन यह सुनकर मुस्करा उठा। उसने सोचा, चुप रहना ही ठीक है। यद्यपि मस्तूल बिल्कुल ठीक से लगे हुए थे, तो भी जहाज बहुत धीरे चल रहा था। बोझ बहुत अधिक था, वे सोच रहे थे कि अगर यही हाल रहा तो पाँच-छः दिन में आकलैंड पहुँचना मुश्किल है।

सात बजे शाम के समय उनकी आँखों के सामने से आस्ट्रेलिया का किनारा दूर हो चुका था। समुद्र बहुत बेचैन था। वर्षा की तेज धार से बचने के लिये यात्रियों को डेक पर से नीचे जाना जरूरी हो गया।

वे आपस में बात कर रहे थे। लेडी ग्लीनारवान और मेरी ग्रांट तो शायद ही एक-दो शब्द बोली हों। ग्लीनारवान से बैठा न गया। वह टहलने लगा। परंतु मेजर शांत था। जॉन मैंगिल्स तथा रॉबर्ट थोड़ी-थोड़ी देर बाद डेक पर जाकर समुद्र का हाल देख लेते थे। पैगानेल एक कोने में चुपचाप बैठा हुआ स्वदेश छोड़ने से लेकर अब तक की बीती घटनाओं के बारे में सोच रहा था। उसके विचार दुबारा उन तथ्यों की ओर घूम गये। "महादेश...महादेश," उसने दुहराया, "अवश्य ही इसके मतलब होना चाहिए, योरप का महादेश, और न्यूजीलैंड एक द्वीप है।"

31 जनवरी को, यात्रा शुरू हुए चार दिन बीत चुके थे परंतु मैक्वेरी ने दो तिहाई मार्ग भी तय न किया था। हैली पर इस बात का बहुत कम विरोध किया गया। वह बहुत कम दिखाई पड़ता था। अधिकतर अपने केबिन में पड़ा हुआ शराब पिया करता था। मल्लाह भी उसी की तरह थे। जॉन उसके इस कार्य की हर समय बुराई करता। विल्सन और मलरेडी ने कई बार पतवारों को ठीक किया, जब कि जहाज खतरे में था। इसके लिये विल हैली ने बहुत नाराज होकर उन्हें पीटा भी। वे बहुत धीरज वाले व्यक्ति न थे। उन लोगों ने उस पिये हुए झगड़ालू आदमी को बंद कर देने की ठान ली। परंतु जॉन ने किसी प्रकार समझा-बुझाकर उन्हें समझा लिया।

अब भी जहाज का हाल उन्हें परेशान कर रहा था। परंतु ग्लीनारवान इन बातों में कोई दिलचस्पी न दिखा रहे थे। वे केवल मेजर और पैगानेल से ही बात कर रहे थे। मैकनेब्स ने भी वही सलाह दी जो विल्सन और मलरेडी ने दी थी।

"यह आवश्यक होता जा रहा है, जॉन," मैकनैब्स ने कहा, "तुम्हें जहाज की बागडोर अपने हाथ में ले लेनी चाहिए। आकलैंड पहुँच जाने पर उसे फिर मालिक बना दिया जाएगा, फिर जो मन में आये, करेगा।"

"यह ठीक है, श्री मैकनैब्स," जॉन ने जवाब दिया, "जरूरत पड़ने पर मुझे ऐसा करना ही होगा। जब हम खुले समुद्र पर होंगे, थोड़ी-सी सावधानी ही काफी होगी। न तो मैं ही और न मेरे मल्लाह डेक पर से उतरेंगे। परंतु विल हैली किनारे पर पहुँचकर इस कारण को स्वीकार भी करेगा, मुझे अपराधी ठहराएगा, तब परेशानी होगी।"

"क्या आकलैंड पहुँचने का कोई बिल्कुल सीधा रास्ता नहीं है ?" पैगानेल ने पूछा।

"कठिन है!" जॉन ने कहा, "क्या जहाज पर कोई सामुद्रिक चार्ट नहीं है ?"

"क्या ऐसा हो सकता है ?" वह फिर बोला।

"दुर्भाग्य से कोई चार्ट नहीं है। मैक्वेरी केवल अदन और आकलैंड के बीच यात्रा करता है और हैली को इस रास्ते का पता है, अतः उसे चार्ट की जरूरत ही न थी।"

"लेकिन वह सोचता है कि उसके जहाज को रास्ते का पता है, वह अपने

आप पहुँच जाएगा।"

"ओह!" जॉन ने जवाब दिया, "अगर हैली देश के निकट पहुँचकर भी उसी तरह पीता रहा, तब तो बहुत खतरा है।"

"परंतु," मैकनैब्स ने पूछा, "क्या तुम किसी तरह जहाज को आकलैंड नहीं ले जा सकते ?"

"बिना किसी चार्ट के यह मुश्किल होगा, क्योंकि यह एक खतरनाक किनारा है। यहाँ चट्टानें बहुत हैं। उनसे बचने के लिये अनुभव जरूरी है। एक बार की टक्कर से ही जहाज टुकड़े-टुकड़े हो जाएगा।"

"ऐसी दशा में हमें किनारे ही शरण लेनी पड़ेगी।" मेजर ने कहा।

"क्या किया जा सकता है ?" पैगानेल बोला, "न्यूजीलैंड के किनारे तो रहने लायक हैं भी नहीं।"

"क्या तुम 'माओरिस' (एक विशेष जाति) के बारे में सोच रहे हो, श्री पैगानेल ?" जॉन मैंगिल्स ने पूछा।

"हाँ, मेरे दोस्त ! 'इंडियन ओकीन' में उनकी प्रसिद्धि फैली हुई है। मनुष्य-भक्षी, जिनके दिल में दया के लिये कोई जगह नहीं है।"

"इसलिये" मेजर बोला, "अगर कैप्टन ग्रांट का जहाज यहीं पर खोया हो, तो क्या तुम खोज करने की सलाह न दोगे ?"

"इस किनारे पर हरगिज नहीं," पैगानेल ने जवाब दिया।

"वहाँ पर हमें ब्रिटानिया के कुछ हिस्से भी मिलेंगे, परंतु अंदर नहीं ! अंदर जाना बेकार होगा। आज तक जिस भी योरोपियन ने इन खतरनाक देशों में जाने का साहस किया है, माओसिन के हाथों में पड़ गये हैं। उनके हाथों में पड़कर कोई वापस न लौटा है। मैं केवल आस्ट्रेलिया और पाम्पास पार करने की सलाह देता हूँ, न्यूजीलैंड पार करने की सलाह कभी न दूँगा। मैं सोचता हूँ कि भगवान् भी इसी में प्रसन्न होंगे कि हम उन भयानक निवासियों के हाथ में न पड़ें।"

पैगानेल के भय को अच्छी तरह सोचा गया। न्यूजीलैंड एक खून का प्यासा देश है। शहीदों की सूची बड़ी लंबी है।

परिच्छेद 3

आज 2 फरवरी का दिन था। यात्रा के छः दिन पूरे हो चुके थे, परंतु आकलैंड के किनारों का कहीं अता पता नहीं था। हवा बहुत अच्छी चल रही थी। उसका बहाव दक्षिण-पश्चिम दिशा में था। लेकिन बहाव की दो विपरीत दिशाएँ होने से मस्तूल भयानक रूप से हिल-हिल जाता था, जिससे जहाज बार-बार इधर-उधर झुक जाता था। यह तो कहो हैली को कोई जल्दी न थी, इसलिये जॉन मैंगिल्स सोच रहा था कि शायद जहाज बिना किसी दुर्घटना के पहुँच जाये। परंतु उसे बहुत कष्ट हुआ जब उसने देखा कि उसके साथी बड़ी कठिनता से बैठे हुए थे। जगह की बहुत कमी थी।

न लेडी ग्लीनारवान और न मेरी ग्रांट इस कठिनाई के बारे में कुछ कह रही थीं। लेकिन लगातार पानी बरसने के कारण उन्हें नीचे ही बैठे रहना पड़ रहा था; परंतु वे बार-बार ऊपर डेक पर मौसम की बेरहमी का मंजर देखने के लिये जाती थीं, और तभी नीचे आती थीं जब आँधी का तीव्र झोंका उन्हें खड़ा रहने में विवश कर देता था। उन्हें दुबारा उसी घुटे हुए संकरे स्थान पर आ जाना पड़ता था जो कि यात्रियों के बैठने की बजाय व्यापार का सामान भरने के लिये ठीक था। उनके मित्र उनका मनोरंजन करने का प्रयत्न कर रहे थे, लेकिन पैगानेल की कही हुई न्यूजीलैंड की बातों के कारण हँसी-मजाक में किसी को मजा न आ रहा था। वे उस नये देश में मजबूरीवश जा रहे थे, अपनी इच्छा से नहीं।

मैक्वेरी के सभी यात्रियों में भी ग्लीनारवान की दशा सबसे अधिक दयनीय

थी। वे नीचे बहुत कम ही देखे जाते थे। वे जल्दी घबरा जाते थे। उन्हें नीचे उस छोटा सा स्थान पसंद नहीं था। वे दिन-रात डेक पर ही रहते थे। वर्षा की भीषण चेतावनी की उन्हें जैसे कोई परवाह ही न थी। कभी वे टेक लगाकर खड़े हो जाते थे, कभी टहलने लगते थे। उन्हें बुखार हो आया था। उनकी आँखें सदा शून्य की ओर एकटक लगी रहतीं। वे उन सभी दुःखों को सह चुके थे जब एक शक्तिशाली व्यक्ति अपने आपको कमजोर पाता है। जॉन ने उनका साथ जरा देर के लिये भी न छोड़ा और मौसम के सभी थपेड़ों को अपने शरीर पर भी लिया। एक दिन जब आकाश कुछ साफ था, मैंगिल्स ने श्री ग्लीनारवान से पूछा, ''क्या आप देश के बारे में सोच रहे हैं ?''

ग्लीनारवान ने सिर हिलाया।

''जहाँ तक मेरा मानना है,'' जॉन ने कहा, ''आप जहाज से छुटकारा पाना चाहते हैं। हमें छत्तीस घंटों में आकलैंड पहुँच जाना चाहिए।''

ग्लीनारवान ने कोई जवाब न दिया, वे दूरबीन में नजर गड़ाए हुए दूर किसी बिंदु को देखते रहे।

''देश उस ओर नहीं है।'' जॉन बोला।

''परंतु मैं देश की ओर नहीं देख रहा हूँ, जॉन।''

''फिर क्या देख रहे हैं मेरे मालिक ?''

''अपने जहाज को ! अपने डंकन को !'' ग्लीनारवान ने दुखी मन से जवाब दिया। ''वह बेचारा किसी समुद्री डाकू के हाथ में पड़ गया है। मुझे आशा है कि वह फिर मिलेगा।'' अच्छा है, परंतु ईश्वर न करे ऐसा हो !''

''क्यों, जॉन ?''

''क्या आप सोचते हैं कि हमें उस पर शरण मिल जाएगी ? हम पंख कटे हुए पक्षियों की भाँति हो जाएँगे। वे हमें कैद कर लेंगे। हमें सावधानी से काम लेना होगा, केवल अपने लिये नहीं बल्कि श्रीमती ग्लीनारवान और मेरी ग्रांट जो साथ में हैं।''

''बेचारी स्त्रियाँ !'' ग्लीनारवान बड़बड़ाए, ''मैं अब उम्मीद छोड़ने लगा हूँ, जॉन।''

''हमें बिल्कुल भी न डरना चाहिए, मेरे मालिक!'' युवक कप्तान ने जवाब

दिया। अब थोड़ा ही रास्ता रह गया है। हैली पिये हुए मस्त पड़ा है। अगर देश के किनारे दिखाई पड़ने लगेंगे और कोई खतरा मालूम होगा तो मैं जहाज को समुद्र में ही रखूँगा। लेकिन यदि डंकन से सामना हो गया तो ईश्वर ही रक्षा करेगा !"

रात बड़ी भयानक थी। सात बजे शाम से ही घोर अंधेरा छा गया था। आकाश बहुत भयानक लग रहा था। विल हैली के मल्लाह रोज की तरह नशे में पड़े हुए थे। वह आँखें मलता तथा अपना बड़ा लाल चेहरा हिलाता हुआ केबिन से बाहर निकला। तब हवा की एक लंबी साँस खींची जैसे एक बड़ा गिलास भर पानी चढ़ा गया हो। वह जहाज के मस्तूलों की जांच करने लगा।

ताजी हवा बह रही थी। हवा का बहाव सीधे न्यूजीलैंड की ओर था। हैली ने मजबूती से मस्तूल ठीक कर दिये। जॉन मैंगिल्स मन ही मन उसकी तारीफ करने लगा। लेकिन वह और ग्लीनारवान डेक से नीचे न उतरे। दो घंटे बीत चुके थे। तभी आँधी का एक भारी झोंका आया। हैली ने ऊपरवाले मस्तूल को मजबूती से बाँध दिया। जहाज समुद्र की लहरों पर वेग से हिलडुल रहा था। ऐसा गल रहा था कि उसका तल नीचे किसी चट्टान से टकरा गया है। पानी की एक ऊँची लहर से डेक तथा बड़ी वाली नाव धुल गयी। जॉन मैंगिल्स घबरा गया। कोई दूसरा जहाज होता तो यह पानी 'स्कपर' से होता हुआ आसानी से बाहर निकल जाता। लेकिन वह नौकाकार जलयान इन भारी लहरों को जल्दी न निकाल सकता था। यदि बाहरी चादर का कुछ हिस्सा काट दिया जाता तो पानी आसानी से निकल सकता था, परंतु हैली ने इस ओर कोई ध्यान न दिया।

लगभग ग्यारह बजे जॉन मैंगिल्स और विल्सन को एक ध्वनि सुनाई पड़ी। मैंगिल्स विल्सन की बाँह पकड़कर बोला—

"क्या यह लहरों की ध्वनि है ?"

"हाँ," विल्सन ने जवाब दिया, "ध्वनि आने के स्थान की दूरी दो रस्सों की लंबाई से अधिक न होगी।"

जॉन दीवार की टेक लगाकर खड़ा हो गया और सागर की काली लहरों को देखने लगा।

"समुद्र की गहराई खत्म होने लगी है, विल्सन !"

जहाज का मालिक धनुष के समान झुका हुआ खड़ा था। वह अपने आप में न था। विल्सन ने सीसे का टुकड़ा, जिसमें तागा बँधा था और दूरी के हिसाब से गाँठें लगी थीं, समुद्र में फेंका। सीसे का टुकड़ा तीसरी गाँठ पर नीचे जाना बंद हो गया।

"अट्ठारह फुट !" विल्सन चिल्लाया !

"कप्तान," जॉन ने दौड़कर विल हैली से कहा, "हम चट्टानों के ऊपर हैं।"

हैली ने अपने कंधे हिलाए। जॉन ने भागकर पतवार सँभाल ली और आज्ञा दी कि हैली का दिमाग इस समय काम नहीं कर रहा है। परंतु उसके मल्लाह बड़े ही अक्खड़ थे। वे उसकी आज्ञा को समझे ही नहीं। वह अपने को देश के बिल्कुल समीप पाकर वह चकित था। दूरी अब केवल आठ मील ही रह गयी थी जबकि उन्होंने तीस-चालीस मील का हिसाब लगाया था। परंतु जॉन ने फुर्ती और कौशल से काम लिया ओर मैक्वेरी को चट्टानों से दूर हटा लिया। जॉन को किनारा नहीं मालूम था। वह चट्टानों से घिर सकता था। हवा का बहाव तट की ओर था वे किसी समय भी टकरा सकते थे।

अचानक एक भारी धक्का लगा। मैक्वेरी किसी चट्टान से टकरा गया। तब कुछ देर के लिये शांति छा गयी और जहाज कुछ पीछे की ओर पलटा। अगला, मस्तूल रस्सों समेत नीचे गिर पड़ा। केबिन में रखे हुए काँच के बर्तन टकराकर चूर-चूर हो गये। यात्री भागकर ऊपर आ गये। परंतु लहरें इतना भयानक धक्का दे रही थीं कि उनका वहाँ खड़े रहना भी कठिन था। मैंगिल्स ने समझ लिया कि जहाज दलदल में अच्छी तरह फँस चुका है।

"मैं जानना चाहता हूँ, कि आखिर होगा क्या," ग्लीनारवान शांति से बोले।

"हमें डूबना न चाहिए।" मैंगिल्स ने जवाब दिया।

"हमारे पास समय है। हम सोच सकते हैं कि क्या करना चाहिए ?"

"इस समय आधी रात है।"

"हाँ, मेरे मालिक, और हमें दिन निकलने की प्रतीक्षा करनी होगी।"

"क्या हम जहाज छोड़ नहीं सकते ?"

"ऐसे समुद्र और ऐसे अंधकार में नहीं, जबकि हमें यह भी नहीं मालूम है कि देश कहाँ पर है।"

"ठीक है, हमें दिन निकलने की प्रतीक्षा करनी होगी।"

मल्लाह पीपा भर शराब चढ़ाकर बिल्कुल टूट चुके थे। कप्तान की हालत बिल्कुल पागलों जैसी थी। वह अपने हाथों को मरोड़ रहा था तथा मुट्ठियों में भर-भरकर बाल नोच रहा था। वह और कुछ न सोच रहा था, केवल जहाज में भरे हुए माल की चिंता से पागल हो रहा था जिसका बीमा नहीं कराया गया था। मैंगिल्स ने उसे शांत करने की कोई चिंता न की, बल्कि अपने साथियों से कह दिया कि वे इनसे सावधान हो जायें। मल्लाह शराब पीकर पागल हो रहे थे और भद्दी गालियों की बौछारें कर रहे थे।

"पहला अभागा आदमी जिसने नीचे जाने की कोशिश की," मेजर ने कहा, "मर चुका है।"

मल्लाह आपस में झगड़ रहे थे। कुछ देर के झगड़े में ही वे गायब हो गये। जॉन मैंगिल्स को उनकी कोई सूचना न मिल रही थी। वह सुबह होने की इंतजार करने लगा।

जहाज अब ठीक था। वायु की रफ्तार कम हो चली थी। सूर्य उगने पर जॉन देश देखने की कोशिश करने लगा। अगर वह ठीक जगह हो तो छोटी नाव साथियों तथा यात्रियों को पहुँचाने में मदद कर सकती थी। केवल वही नौका बची थी। बड़ी नाव में पानी भर चुका था।

केबिन के दरवाजे से टेक लगाकर खड़ा हुआ जॉन इस खतरनाक हालात के बारे में सोच रहा था। अचानक लहरों का गर्जन सुनाई पड़ने लगा। उसने लहरों के धुँधलके में देखने की भी कोशिश की। उसे आश्चर्य हो रहा था कि उनका मनचाहा परंतु साथ-ही-साथ भयानक देश आखिर होगा कहाँ पर। कभी-कभी चट्टानें किनारे से मीलों दूर तक फैली होती हैं। क्या एक छोटी-सी दुर्बल नौका उन्हें किनारे तक पहुँचाने में कामयाब हो सकेगी ?

जिस समय जॉन यह सब सोच रहा था और इस अंधेरे में ईश्वर से प्रार्थना कर रहा था, यात्री उस पर भरोसा कर आराम से सो रहे थे। मस्तूल बिल्कुल स्थिर था, उनकी नींद में बाधा डालनेवाली कोई चीज न थी। ग्लीनारवान, जॉन

और उनके साथियों को उन शराबियों की कोई आवाज न सुनाई पड़ रही थी। शायद वे कुछ देर के लिये सो गये थे। चारों और शांति थी। जहाज अभी भी दलदल में था।

चार बजे सुबह पूर्व की ओर से सूर्य की प्रथम किरणें चमकीं। जॉन फिर डेक पर आ गया। आसमान पर एक धुँधला पर्दा-सा लटका हुआ था। कुछ साफ नहीं दिखाई पड़ रहा था। लहरें धीरे-धीरे नीची हो रही थीं।

जॉन इंतजार कर रहा था। रोशनी धीरे-धीरे बढ़ रही थी। अब आसमान पर लाली उभर आयी थी।

काली चट्टानें लहरों से ऊपर निकली हुई दिखाई देने लगीं। धुँधले फेन के ऊपर एक रेखा-सी बन गयी। 'विद्युतघर' की तरह एक चमकदार बिंदु दिखने लगी चट्टानों पर प्रकाश फेलने लगा। यह सूर्य था। उसने देखा, देश केवल नौ मील की दूरी पर था।

"देश !" जॉन चिल्लाया।

उसके साथी इस आवाज से जग गये। डेक पर भीड़ लग गयी। वे सब किनारे की ओर देख रहे थे।

'विल हैली कहाँ है ?" ग्लीनारवान ने पूछा।

"मैं नहीं जानता, मेरे मालिक!" मैंगिल्स ने जवाब दिया।

"और उसके मल्लाह ?"

"पता नहीं कहाँ गये।"

मलरेडी और विल्सन जहाज के अगले हिस्से में देखने गये और दो मिनट में वापस आ गये। हाँ कोई नहीं था। पूरे जहाज पर उनकी खोज की गयी न तो विल हैली और न उसके मल्लाहों का ही कोई पता लगा।

"क्या कोई नहीं है ?" ग्लीनारवान ने पूछा।

"क्या वे समुद्र में गिर गये ?" पैगानेल ने पूछा।

"हो सकता है!" जॉन ने उत्सुकता से कहा।

"वे पीछे जा रहे हैं!" वह चिल्लाया–

"उस नाव का पीछा करो।"

विल्सन और मलरेडी ने नौका का पीछा किया लेकिन वह गायब हो गयी।

परिच्छेद 4

विल हैली और उसके साथियों ने रात के अंधेरे और सोचे हुए यात्रियों का फायदा उठाया और वह बची हुई अकेली नाव लेकर जहाज के बाहर हो गये। कप्तान, जिसका कर्तव्य होता है सबसे बाद में जहाज छोड़ना, सबसे पहले छोड़ चुका था।

"बदमाश भाग चुके हैं।" जॉन मैंगिल्स बोला।

"ठीक है, अच्छा ही हुआ, मेरे मालिक, अब ज्यादा कष्ट नहीं होगा।"

"हाँ," ग्लीनारवान ने जवाब दिया, "जहाज पर अब भी एक साहसी कप्तान मौजूद है। हम उसका कहना मानेंगे और उसकी मदद करेंगे। उनका नाम है जॉन।"

मेजर, पैगानेल, रॉबर्ट, विल्सन, मलरेडी और ऑलबिनेट ने ग्लीनारवान की तारीक की और जॉन की ओर देखने लगे।

"क्या किया जाना चाहिए ?" ग्लीनारवान ने पूछा।

"इस स्थिति से निपटने के केवल दो ही रास्ते हैं, मेरे मालिक। या तो जहाज फिर से तैराया जाये या बेड़े के द्वारा किनारे पर पहुँचा जायें।"

"अगर जहाज तैराया जा सके तो ज्यादा अच्छा हो," ग्लीनारवान ने जवाब दिया।

"हाँ, मेरे मालिक!"

"हमें किनारे से बचना चाहिए," पैगानेल बोला, "हमें न्यूजीलैंड नहीं जाना चाहिए।"

"हम दक्षिण की ओर बहुत दूर हट आये हैं।" जॉन आगे बोला, "दोपहर

के समय मैं जांच करूँगा। यदि हम आकलैंड के नीचे हुए तो, इसी जहाज से किनारा पाने की कोशिश करूँगा।''

''परंतु जहाज को जो नुकसान पहुंचा है, वह ?'' श्रीमती ग्लीनारवान ने पूछा।

''मैं नहीं सोचता कोई नुकसान पहुँचा होगा।'' मैंगिल्स ने जवाब दिया, ''जब तक कि उसका तल नहीं टूटा होगा, हम सब कुछ कर सकते हैं।''

''तब सबसे पहले हमें जहाज की जांच करनी चाहिए।'' मेजर ने कहा।

ग्लीनारवान, जॉन तथा मलरेडी जहाज के निचले हिस्से में चले गये। वहाँ पर लगभग दो सौ टन का बोझ बुरी तरह भरा हुआ था। मैक्वेरी दाहिनी ओर से टिका हुआ था, तथा बायीं ओर का तख्ता कुछ टूट गया था, परंतु वह भाग ऊपर होने के कारण खुला हुआ था। अतः उसकी मरम्मत करना आसान था। विल्सन ने कीलों की मदद से टूटे हुए तख्ते के स्थान पर ताँबे की एक प्लेट जड़ दी। जहाज के निचले भाग में लगभग दो फुट पानी भर गया था। पंप आसानी से उसे बाहर निकाल सकते थे। जॉन ने देखा कि जहाज को नुकसान तो जरूर पहुँची है परंतु बहुत कम। जहाज के अंदर का देखने के बाद विल्सन समुद्र में उतर गया, यह देखने कि वह कितना धँस गया है। उसका निचला भाग लगभग दो तिहाई धँस गया था। निचले भाग का पिछला हिस्सा न धँसा था। दो फुट गहरे पानी में तैर रहा था; परंतु पतवार का कोई भाग न डूबा था।

ईमानदार मल्लाह बड़ी लगन से कार्य कर रहे थे। विल्सन के आदेशानुसार राबर्ट, मेजर तथा पैगानेल अगले मस्तूल के निकट चले गये और उसे ऊँचा करने की कोशिश करने लगे। राबर्ट बड़ी बहादुरी तथा होशियारी से सबसे कठिन काम कर रहा था। तल की ओर पीछे की दिशा में एक लंगर डालना जरूरी था। इस काम में तनिक भी परेशानी न होती, यदि उन्हें एक नौका मिल जाती।

''लेकिन बिना नाव के हम कर ही क्या सकते हैं ?'' ग्लीनारवान ने जॉन से पूछा।

''हम अगले मस्तूल के टुकड़ों और खाली पीपों का उपयोग करेंगे,'' युवा कप्तान ने जवाब दिया।

''काम कठिन तो जरूर है परंतु मुश्किल नहीं। मैक्वेरी के लंगर छोटे हैं। एक बार डालने पर यदि फँस गये तब अच्छी आशा है।''

हर व्यक्ति को ऊपर डेक पर काम करने के लिये बुला लिया गया। उन्होंने पहले मस्तूल के टूटे हुए टुकड़े बेड़ा तैयार करने के लिये उठा लिये। तख्तों को खाली पीपों के ऊपर बाँध दिया गया। खेने के लिये एक पतवार रख दी गयी।

दोपहर तक आधा काम हो चुका था। मैंगिल्स ने ग्लीनारवान को काम देखने के लिये छोड़ दिया। उसे हैली के केबिन में एक 'सेक्सटेंट' (ऊँचाई नापने का यंत्र) मिल गया। उस पर सिरों धूल चढ़ी थी। वह उसे साफ कर डेक पर ले आया। उसमें कई घूमनेवाले दर्पण लगे थे। सूर्य की ऊँचाई नापने के लिये सेक्सटेंट के टेलिस्कोप को उस रेखा पर स्थिर करना था जहाँ समुद्र और आकाश मिलते थे। परंतु देश का फैलाव उत्तर की ओर बहुत दूर तक था, जिससे वास्तविक क्षितिज न दिखाई पड़ रहा था। इसलिए प्रयोग के लिये नकली क्षितिज की आवश्यकता थी, जिसे प्रयोग में एक चपटी नाँद में पारा भरकर बना लिया जाता था। परंतु उसके पास पारा नहीं था। उसने द्रव टार से ही काम चला लिया। उसे न्यूजीलैंड के पश्चिमी किनारे का देशांतर पहले से पता था, उसके बिना क्रोनामीटर के गणना करना कठिन हो जाता। केवल अक्षांश कही निकालना था। सेक्सटेंट के द्वारा उसने देखा था कि सूर्य की मेरीडियन ऊँचाई क्षितिज पर $68^0 30'$ थी। अतः आकाश में ऊँचाई, $21^0 30'$ होनी चाहिए थी। दोनों संख्याओं का योग 90^0 आता था। उस दिन सूर्य की क्षितिज पर ऊँचाई $16^0 30'$ थी। आकाश में की ऊँचाई जोड़ने पर केवल 38^0 आती थी।

अतः मैक्वेरी $171^0 13$ देशांतर तथा 38 अक्षांश पर था। मुमकिन है, इस गणना में यंत्र की खराबी की वजह से कुछ भूलें हो गयी हों।

जॉन्स्टन का मानचित्र, जो पैगानेल ने अदन में खरीदा था, देखकर मैंगिल्स ने पता किया कि जहाज टकराने का स्थान आकलैंड के किनारों के पास कहुआ प्वाइंट के ऊपर आओटिया खाड़ी के मुहाने पर था। आकलैंड 37वीं अक्षांश पर मौजूद था। अब वे एक डिग्री दक्षिण की ओर अधिक बढ़ आये थे। एक डिग्री हटने पर उन्हें न्यूजीलैंड की राजधानी मिल जाएगी।

''लगभग पच्चीस मील की दूरी होगी।'' ग्लीनारवान ने कहा।

''यह तो कुछ भी नहीं है।''

''समुद्र के लिहाज़ से कुछ भी नहीं, परंतु देश के हिसाब से बहुत खतरनाक!'' पैगानेल बोला।

“हमें मैक्वेरी को निकालने की भरसक कोशिश करनी होगी!” जॉन ने कहा।

सब काम हो चुका था। लगभग साढ़े बारह बजे दोपहर में बहुत बड़ा ज्वार आया। उससे जॉन को कोई लाभ न हुआ, क्योंकि लंगर अभी नीचे न पहुँचे थे। वह बड़ी चिंता से मैक्वेरी की जांच करने लगा। क्या वह इस ज्वार में तैरना शुरू कर देगा ? उस सवाल का उत्तर उन्हें पाँच मिनट में मिल जाएगा।

वे प्रतीक्षा करने लगे। थोड़ी ही देर में एक घरघराहट-सी सुनाई पड़ने लगी। शायद जहाज का तल ज्वार के कारण अपने स्थान से कुछ हिला था। इस असर को देखते हुए जॉन को आशा हो चली कि अगला ज्वार आने पर जहाज चल देगा। लेकिन जहाज फिर न हिला।

काम शुरू हो गया। दो बजे के लगभग बेड़ा बनकर तैयार हो चुका था। भाटे ने उन्हें नीचे उतार दिया और उन्होंने पहला लंगर लगभग साठ फुट की गहराई पर डाल दिया। दूसरा बड़ा लंगर नब्बे फुट की गहराई पर डाल दिया गया। उसके रस्से की सहायता से जॉन और विल्सन मैक्वेरी पर लौट आये। लंगर अच्छी तरह फँस गये थे। अब वे अगले ज्वारा का इंतजार करने लगे, जिसके आने का समय एक बजे रात्रि को था। इस समय शाम के छः बजे थे।

मल्लाहों द्वारा बहुत ज्यादा अपनापन पाने पर जॉन ने मुस्कराकर पैगानेल से कहा कि इसी प्रकार रहा तो एक दिन मैं अफसर बन जाऊँगा।

इसी बीच कई कार्यों में सहायता करने के बाद आलबिनेट रसोईघर में चला गया। उसने बहुत स्वादिष्ट भोजन तैयार किया। इस भोजन ने थकावट से थके हुए समुदाय को बहुत आराम पहुँचाया। जॉन मैंगिल्स, जो आखिरी सावधानियाँ रह गयी थीं उन्हें भी खत्म करने की कोशिश करने लगा। उसने जहाज को हल्का करने के लिये बहुत-सा माल बाहर फेंक दिया। जब उनका काम खत्म हुआ उस समय आधी रात का समय हो गया था। वे बेचैनी से ज्वार आने का इंतजार करने लगे।

ऐन वक्त हवा में नमी आने लगी। आकाश पर बादल छाते जा रहे थे। हवा का बहाव दक्षिण-पश्चिम से उत्तर-पश्चिम की ओर होता जा रहा था। एक मल्लाह इन लक्षणों को पहचानने में कदापि भूल नहीं कर सकता। विल्सन तथा मलरेडी ने कप्तान की सलाह मान ली। मैंगिल्स ने ग्लीनारवान को सूचना दी और कहा कि यात्रा अगले दिन के लिये रोक देनी होगी।

"क्योंकि," वह बोला "पहली बात तो यह है कि हम बहुत थक चुके हैं तथा मैक्वेरी को तैराने के लिये अभी काफी शक्ति की जरूरत है। यदि वह तैरने भी लगा तो इस भयानक अंधकार में चट्टानों से रक्षा करना मुश्किल होगा। दूसरी बात यह है कि हवा का बहाव हमें यह विश्वास दिलाता है कि वह कल तक जरूर हमारी मदद करेगा। कल वायु की दिशा उत्तर-पश्चिम होगी।"

बात ठीक थी। ग्लीनारवान और पैगानेल सबसे अधिक चिंतित थे। परंतु एक दिन रुक जाना ही ठीक था। रात ठीक से बीत गयी। दिन का प्रकाश फैल गया। जॉन का कहना ठीक ही था। हवा का बहाव उसी ओर था जिस ओर उसने बताया था। वे मस्तूल इत्यादि ठीक करने लगे। नौ बजे का समय था। ज्वार आने में चार घंटे की देर थी। ये चार घंटे बेकार न गये। जॉन ने इतनी देर में अगले मस्तूल के स्थान पर एक नया मस्तूल लगा दिया, जिससे खतरनाक स्थानों पर भी काम दे सके।

इसी बीच ज्वार आने लगा। सागर की सतह फेनयुक्त लहरों में बदल गयी। चट्टानों के सिरे, जो अभी तक जल से बाहर निकले हुए थे, पानी में गायब होने लगे जैसे समुद्री जंतु संकट आने पर पानी के अंदर घुस जाते हैं। उनके दिल तेजी से धड़कने लगे। वे अत्यंत बेचैन हो उठे। कोई कुछ नहीं बोला। वे जॉन की ओर देख रहे थे और उसकी आज्ञा का इंतजार कर रहे थे।

एक बजे दोपहर के समय ज्वार अपनी चरम सीमा पर था। वास्तव में पानी तो अब चढ़ना शुरू हुआ था।

"विंडलास पर !" जॉन चिल्लाया।

विंडलास एक आग के इंजन की भाँति का यंत्र था। उसमें हैंडिल लगे हुए थे। एक ओर ग्लीनारवान, मलरेडी तथा राबर्ट लगे, दूसरी ओर पैगानेल, मेजर और ऑलबिनेट लगे। जहाज हिला और लगा कि अब उठ जाएगा। शायद दो बाहों की शक्ति की और जरूरत थी।

"हेलना ! मेरी !" ग्लीनारवान चिल्लाये। वे दोनों युवतियाँ भी अपने साथियों को योग देने के लिये आ गयीं।

परंतु यह सब बेकार था। जहाज हिला तक नहीं। सभी कोशिश खाली गई। वायु और सागर का पूरा सहयोग मिलने के बावजूद भी जहाज को टस-से-मस न कर सका।

परिच्छेद 5

जॉन मैंगिल्स की पहली कोशिश खाली गई। अब कोशिश दूसरी कोशिश जरूरी थी। यह सच था कि वे मैक्वेरी को हिलाने में सफल न हुए। जहाज पर रुककर अच्छी तरह सोच-विचार का भी समय न था। केवल एक तूफान ही जहाज के टुकड़े-टुकड़े कर सकता था। त्वरित जॉन को कोई उपाय निकालना था।

तब उसने एक बेड़ा बनाने की सलाह दी, जो बहुत मजबूत हो, जिस पर यात्री तथा काफ़ी खाने-पीने का सामान भी ले जाया जा सके।

बातचीत करने का बिल्कुल समय न था, केवल काम करने का समय था। काम शुरू हो गया। रात होने से पहले काफी काम हो चुका था।

आठ बजे के लगभग वे भोजन कर चुके थे। श्रीमती ग्लीनारवान तथा मेरी अपनी कोचों पर आराम कर रही थीं। पैगानेल और उसके अन्य साथी डेक पर टहलते हुए किसी गंभीर विषय पर बात कर रहे थे। राबर्ट भी उन्हीं के साथ-ही-साथ लगा था। वह वीर बालक शायद सोच रहा था कि किसी भी खतरनाक काम में वह अपने साथियों का साथ न छोड़ेगा।

पैगानेल ने जॉन मैंगिल्स से पूछा कि क्या यह बेड़ा हमें आकलैंड ले जाने के बजाय देश (न्यूजीलैंड) नहीं ले जा सकता ?

जॉन ने जवाब दिया कि इस छोटे से बेड़े के द्वारा यह कठिन है।

"क्या हमारा काम उस छोटी नाव से चल सकता था ?" पैगानेल ने पूछा।

"अफ़सोस, वे बदमाश, जिन्होंने हमें इतना कष्ट..."

"ओह," जॉन ने जवाब दिया, "उन्होंने अँधेरे का फायदा। परंतु कोई फायदा नहीं हुआ।"

“वे दुष्ट कितने बुरे साबित हुए!” पैगानेल बोला।

“कोई बात नहीं पैगानेल,” ग्लीनारवान ने कहा, “यह बेड़ा हमें देश ले जाएगा।”

“यही तो मैं नहीं चाहता,” पैगानेल बोला।

“मेरे मित्रों,” वह दुबारा बोला, “मुझे आपके साहस के विषय में कोई शक नहीं। यही बीस मील यदि हमें किसी अन्य देश में चलना पड़ता तो यह यात्रा कुछ भी न होती। परंतु न्यूजीलैंड के लिये बीस मील कुछ कम नही। आप मुझे डरपोक न समझें। शायद मैंने ही आप लोगों को अमरीका और आस्ट्रेलिया पार करने को कहा था। मैं एक बार फिर कहता हूँ कि और कहीं भी जाना न्यूजीलैंड जाने से अच्छा होगा।”

“इस जहाज पर रहने से और कहीं भी जाना अधिक ठीक होगा। यहाँ तो हर पल मौत का खतरा!” जॉन ने कहा।

“न्यूजीलैंड में आखिर ऐसा है क्या, जिससे तुम इतने डरे हुए हो ?” ग्लीनारवान ने पूछा।

“जंगली मनुष्य!” पैगानेल ने जवाब दिया।

“जंगली !” ग्लीनारवान बोले, “क्या हम किनारे-किनारे चलकर उन्हें टाल नहीं सकते ? हम यूरोपियनों को, जो कि पूर्ण रूप से सशस्त्र हैं, उन जंगलियों से डरना नहीं चाहिए है।”

“इस बात को नजरअंदाज नहीं किया सकता।” पैगानेल बोला।

“वह बहुत शक्तिशाली जाति है। उसने सदा आक्रमणकारियों का सामना किया है और विजय पायी है। वे कैद किये हुए मनुष्यों के मांस को खाते हैं।”

“मनुष्यभक्षी !” राबर्ट चिल्लाया, “मनुष्यभक्षी !” फिर उन्होंने उसे कहते सुना, “मेरी बहन, लेडी हेलेना !”

“डरो मत, बच्चे,” ग्लीनारवान ने समझाते हुए कहा, “हमारे मित्र पैगानेल ने बहुत बढ़ा-चढ़ाकर कह दिया है।”

“मैंने कुछ भी झूठ नहीं कहा है,” पैगानेल ने जवाब दिया, “राबर्ट ने जो कहा वह एक मनुष्य के लिये जरूरी भी था। मैंने कुछ भी न छिपाते हुए आपके सामने वहाँ का सच प्रकट कर दिया। उनसे अधिक क्रूर जाति और कोई न

होगी। यूरोपियन लोग लड़ाई में मरे हुए व्यक्तियों को कब्र में दफन कर देते हैं; परंतु ये लोग युद्ध में मार डालने के बाद भूनकर खा जाते हैं। एक प्रकार से ये मनुष्यों का शिकार करते हैं। अपने ही देश के पाडसेनेल ने साफ कहा है कि यह कोई बहुत बड़ा अपराध नहीं है। जब व्यक्ति मर ही चुका है तो चाहे उसे भूनकर खाओ चाहे जो करो।''

''पैगानेल,'' मेजर ने टोका, ''इस विषय पर हम आराम से कमरे में बैठकर भी बात कर सकते हैं परंतु हमारे पास समय नहीं है। मनुष्य का खाना ठीक है या गलत, हमारी तो बस यही प्रार्थना है कि हमारा भाग्य इतना बुरा न हो। परंतु ईसाई धर्म ने इन मनुष्यभक्षियों को स्वीकार किस प्रकार कर लिया ?''

''क्या तुम सोचते हो कि न्यूजीलैंड के सभी निवासी ईसाई ही है ?'' पैगानेल ने पूछा। ''बहुत कम, और बहुत से तो धर्म का प्रचार करनेवाले ही इस प्रकार का नीच काम करते हैं। पिछले वर्ष श्री वाकनर की हत्या किस बेरहमी से की गयी है। मनुष्यभक्षियों ने उन्हें लटका दिया। उनकी स्त्रियों ने उनके नेत्र चीर डाले। वे उनका रक्त पी गये और दिमाग खा गये। यह घटना ओपोटिकी में आकलैंड से कुछ ही कोस की दूरी पर कई अंगरेज अधिकारियों के सामने हुई थी। दोस्तों, उनका मिजाज बदलने में शताब्दियाँ बीत जाएँगी। माओरिस जैसे हैं, बहुत समय तक वैसे ही रहेंगे। उनका इतिहास खून से लिखा हुआ है।''

''छिः छिः !'' मेजर ने घृणा से कहा, ''क्या इन कहानियों में से अधिकांश मनगढ़त नहीं होतीं ?''

''मैं मानता हूँ शायद कुछ ज्यादा प्रचार हुआ हो,'' पैगानेल ने कहा। ''लेकिन यह बातें ऐसे भरोसेमंदों ने कही है कि उन पर विश्वास करना ही पड़ेगा है और मैं करता भी हूँ। पादरी केन्डल, मार्सडन, कप्तान डिलन, डी' अरॉइली, लाप्लास और बहुत से अन्य व्यक्तियों ने कहा है। न्यूजीलैंड के निवासी स्वभाव से ही जालिम हैं। अपने मुखिया की मौत के समय वे नरबलि देते हैं, और सोचते हैं कि इस प्रकार स्वर्गवासी का गुस्सा शांत हो जाता है जो कि उन्हें नुकसान पहुँचा सकता है तथा उसे अगले जन्म के लिये नौकर भी मिल जाता है, और मरे हुए मनुष्यों को खा इसलिये जाते हैं कि शायद यह सोचते हैं कि कार्य का अंतिम

भाग अब उनके पेट ही पूरा कर सकते हैं।''

''कुछ भी हो,'' जॉन ने कहा, ''इन सब बुरे कामों के पीछे अंधविश्वास का बोलबाला है। अगर उनका धर्म बदल दिया जाये तो रीति-रिवाज भी बदल जाएँगे।''

''मित्र जॉन,'' पैगानेल ने जवाब दिया, ''तुम मनुष्य-भक्षियों की उत्पति के सवाल को लो। इस जाति में मनुष्यों के भक्षण की रीति-धर्म के रूप में नहीं शुरू हुई। उसका जन्म हुआ था भूख के रूप में। बाद में पुजारियों ने इसको धर्म में स्थान दे दिया। अब उन्हें इसमें कोई भी गलत बात नहीं लगती। मनुष्य-भक्षण क्यों होता है, इसका जवाब कोई नहीं देता है; परंतु यह होता है और यह सच है जिसे हम झूठला नहीं सकते।''

पैगानेल ने सच बात कही थी। मनुष्य-भक्षण का रोग न्यूजीलैंड में भी, फिजी या टॉरेस स्ट्रेट के द्वीपों की ही भाँति पुराना हो चुका था। उसके पीछे अंधविश्वास का भी हाथ है परंतु मुख्य कारण भूख ही है। सबसे पहले भूख शांत करने के लिये इसका इस्तेमाल हुआ, उसके यह एक रीति बन गयी।

उनकी नजर में कुछ भी गलत न था। अक्सर पादरियों ने उनसे पूछा है, जिसका जवाब उनके मुखिया ने यह दिया कि मछली, मछली को खाती है, कुत्ते आदमी को खाते हैं, आदमी कुत्ते को खाते हैं, और कुत्ते आपस में एक-दूसरे को खाते हैं। उनके यहाँ कहा गया है कि किस प्रकार एक ईश्वर दूसरे ईश्वर को खाता है। जहाँ ऐसे मुखिया हों, वहाँ के निवासी अपने पड़ोसियों को भक्षण करने के आनंद से किस प्रकार छोड़ सकते हैं ?

इससे अधिक और क्या हो सकता है कि उनका कहना है कि मृत व्यक्ति को खाकर वे उसके समूचेपन नष्ट कर देते हैं और उसकी वीरता, शक्ति तथा आत्मा उनके शरीर में पहुँच जाती है। ये वस्तुएँ विशेषतया मस्तिष्क में मिलती हैं, इसीलिये उत्सवों में दिमाग की डिश होना जरूरी एवं सम्माननीय समझा जाता है।

पैगानेल ने कहा कि मनुष्य-भक्षी केवल ओकिथानिआ के ही जंगलों में नहीं पाये जाते हैं, बल्कि यूरोप के जंगलों में भी पाये जाते हैं। आज के सभ्य मनुष्यों के पुरखे जंगली ही थे।

“सच में !” मैकनैब्स बोला।

“हाँ मेजर!” पैगानेल ने कहा, “जब तुम संत जिरोम के ऐटिकोली पर लिखे हुए कुछ खंड पढ़ते हो, तो स्कॉटलैंड के इतिहास के बारे में क्या धारणा बनाते हो ? हमें इतिहास में अधिक जाने की जरूरत नहीं। शेक्सपियर ने अपने नाटक में शाइलॉक को जैसा दिखाया है क्या वह एलिजाबेथ के राज्य के सॉनी बीन, जो कि एक डाकू था जिसे मनुष्यों का मांस खाने के कारण ही दंड मिला था, के आधार पर न था ? किसने उसे मनुष्य का मांस खाने के लिये उकसाया ? धर्म ? नहीं भूख।”

“भूख ?” मैंगिल्स बोला।

“भूख!” पैगानेल ने जवाब दिया; “जिंदा रहने के लिये भोजन जरूरी है। जानवर जानवरों को खा लेते हैं। पेड़-पौधों से भोजन मिल सकता है। लेकिन माओरिस खेती नहीं करते, इसलिए वे मनुष्यों का माँस खाते हैं।”

“जानवरों का क्यों नहीं खाते ?” ग्लीनारवान ने पूछा।

“क्योंकि जानवर वहाँ नहीं होते,” पैगानेल ने जवाब दिया, “चौपाये, यहाँ तक पक्षी भी बहुत ही कम पाये जाते हैं। इसलिये सदा उन्होंने मनुष्य का ही मांस खाया है। जिस प्रकार सभ्य देशों में शिकार करने का मौसम होता है उसी तरह उनके यहाँ मनुष्य के शिकार का मौसम होता है। इन अवसरों पर भयंकर लड़ाई हैं।”

“पैगानेल, तुम्हारे मुताबिक यह सब तब तक खत्म न होगा जब तक जानवर वहाँ न पाये जाने लगेंगे।” ग्लीनारवान ने कहा।

“हाँ, मेरे मालिक; लेकिन इसमें वर्षों लगेंगे। क्योंकि भविष्य में होनेवाली आबादी भी वही करना चाहेगी जो उनके पिता करते आये थे। मैं सोचता हूँ, मनुष्य का मांस सुअर के मांस के समान होता होगा, बल्कि उससे भी अधिक स्वादिष्ट। श्वेत मनुष्यों का मांस कम स्वादिष्ट होता है क्योंकि वे नमक खाते हैं और वे जंगली पेटू उसे अधिक नहीं पसंद करते हैं।”

“परंतु वे पकाकर खाते हैं या ऐसे ही।” मेजर ने पूछा।

“आपको क्या फर्क पड़ता है, श्री मैकनेब्स ?” राबर्ट ने कहा।

“मेरे बच्चे,” मेजर ने जवाब दिया, “अगर मेरा अंत उनके हाथों के पड़कर

हुआ तो मैं पकाया जाना अधिक पसंद करूँगा।''

''क्यों ?''

''क्योंकि मैं जिंदा नहीं खाया जाना चाहता।''

''आह, मेजर,'' पैगानेल बोला, ''परंतु मान लो, हम जीवित ही भून दिये गये ? असली बात यह है कि वे हमेशा भोजन पकाकर खाते हैं। लेकिन मेरे विचार से वह बहुत अरुचिकर होता होगा।''

''कुछ भी हो,'' जॉन ने कहा, ''हमें इसी बात की कोशिश करनी है कि उनके हाथों में न पड़ें। हमें यह भी आशा करनी चाहिए कि एक दिन इस रीति का अंत आ जाय।''

''हाँ, हमें यह उम्मीद रखनी चाहिए,'' पैगानेल बोला। ''लेकिन विश्वास करो कि जिसने एक बार मनुष्य-मांस का स्वाद ले लिया है, आसानी से छोड़नेवाला नहीं।''

''देखो!'' ग्लीनारवान बोला, ''एक बार एक पादरी ब्राजील की एक बुड्ढी महिला को देखने गया जो बहुत बीमार थी, और कुछ ही दिन की मेहमान थी। पादरी ने उसे बहुत से अच्छे-अच्छे धर्म-संदेश सुनाए। आत्मिक भोजन प्राप्त करने के पश्चात् उस वृद्धा ने शरीर के लिये भोजन की माँग की। उसे योरोप का बढ़िया भोजन दिया गया। ''आह !'' वह बोली, ''मेरा पेट किसी प्रकार का भोजन न लेगा। केवल एक वस्तु का स्वाद लेना चाहती हूँ, लेकिन ऐसा कोई नहीं है जो मुझे लाकर दे सके।'' ''ऐसी क्या वस्तु है ?'' पादरी ने हैरानी से पूछा। ''आह, मेरे बेटे ! एक छोटे से बच्चे का हाथ, कितनी खुशी होगी उसकी हड्डियों को चूसने में।''

''आह,'' राबर्ट ने कहा, ''तब तो वह बहुत अच्छा होना चाहिए।''

''मेरी दूसरी कहानी इसका जवाब देगी, मेरे बच्चे,'' पैगानेल ने कहा। ''एक दिन एक पादरी ने मांस-भक्षियों को फटकारा कि तुम लोग कितना गंदा काम करते हो। कितना बुरा स्वाद होता होगा मनुष्य के मांस का। 'आह, मेरे पिता,' जंगली ने जवाब दिया, 'काश ! एक बार आपने चखकर देखा होता, तब आप ऐसा न कहते।''

परिच्छेद 6

जंगलियों के बुरे बर्ताव के बारे में अब किसी के मन में शक की कोई गुँजाइश न रह गयी थी। परंतु वह देश यदि इससे सौ गुना अधिक भयानक होता तो भी उन्हें तो वहाँ जाना ही था। यहाँ पर तो मरना तय ही था, वहाँ पर केवल उम्मीद थी उनका जहाज ऐसे स्थान पर फँसा था, जिसे प्रत्येक जहाज बचाकर चलता था। यदि गलती से उस ओर कोई आ भी पहुँचा तो जल्दी-से-जल्दी वहाँ से भाग निकलने की कोशिश था।

"हम किस समय रवाना होंगे ?" ग्लीनारवान ने पूछा।

"कल सुबह दस बजे", जॉन ने जवाब दिया, "ज्वार उसी समय आएगा।"

दूसरे दिन पाँच फरवरी थी। आठ बजे तक बेड़ा तैयार हो चुका था। नौ बजे से उन्होंने बेड़े पर सामान लादना शुरू कर दिया।

सबसे पहले खाने-पीने का काफी सामान रख लिया गया। क्योंकि रास्ते की तो बात अलग, कोई जरूरी न था कि आकलैंड में ही उन्हें भोजन आसानी से मिलेगा।

'प्रिजर्व' किया हुआ मांस, बिस्कुट तथा नमकीन मछली, जो कि बहुत रद्दी किस्म की थी, रख ली गयी। यह सामान पीपों में रखकर अच्छी तरह बंद कर दिया गया, जिससे समुद्र का पानी किसी प्रकार भी भोजन को खराब न कर सके। फिर रस्सों की मदद से उन पीपों को मस्तूल से बाँध दिया गया। शस्त्र इत्यादि अत्यंत सुरक्षित स्थान पर रख दिये गये। उनके पास बहुत अच्छी पिस्तौल तथा बंदूकें थीं।

एक लंगर भी रख लिया गया, जिससे यदि किसी कारण से ठहरना हो, तो

सहायता मिलेगी। दस बजे के लगभग सागर की लहरें ऊँची होने लगीं। हवा का बहाव उत्तर-पूर्व की ओर हो गया। समुद्र की सतह ऊँची ही होती गयी।

"क्या हम तैयार हैं ?" जॉन ने पूछा।

"सब तैयार हैं, कप्तान!" विल्सन ने जवाब दिया।

"तब बेड़े पर आ जाओ!" जॉन चिल्लाया।

श्रीमती ग्लीनारवान तथा मेरी ग्रांट एक छोटी-सी सीढ़ी की सहायता से बेड़े पर चढ़ गयीं और मस्तूल के पास भोजन के पीपों पर बैठ गयीं। विल्सन ने पतवार थाम ली। जॉन मस्तूल के निकट बैठ गया। मलरेडी ने उस रस्से को काट दिया, जिसके द्वारा बेड़ा जहाज से बँधा हुआ था। मस्तूल खुल गया और बेड़ा वायु तथा ज्वार के बहाव के साथ-साथ देश की ओर बढ़ चला। किनारा नौ मील की दूरी पर था। अगर वह नौका होती तो वे तीन घंटे में किनारा पा लेते। परंतु अब उन्हें ज्वार-भाटे तथा हवा पर निर्भर रहना था। फिर भी जॉन को आशा थी कि वे लोग एक ही ज्वार में किनारा पा लेंगे। ज्वार दस बजे शुरू हुआ था, उन्हें तीन बजे तक देश पहुँच जाना चाहिए था। हो सकता था कि उन्हें मार्ग में ही लंगर डालना पड़ता।

यात्रा की शुरुआत अच्छी हुई। धीरे-धीरे काली चट्टानें उनके और किनारे के बीच फैली हुई लहरों में अपने सिर छिपाने लगीं। इन छिपी हुई चट्टानों से बचने के लिये बड़ी सावधानी की जरूरत थी।

आधा दिन बीत गया। किनारा अब भी पाँच मील दूर था। किनारे का नजारा अब पहले से अधिक साफ हो गया। उत्तर-पूर्व दिशा की ओर दो हजार पाँच सौ फुट ऊँचा एक पर्वत दीख रहा था। इस स्थान पर यह परेदशी-सा प्रतीत हो रहा था। दूर से यह पर्वत ऐसा लग रहा था जैसे कोई बंदर दाँत निकाले नीचे की ओर झुका हुआ खड़ा हो। यह पाइरांगिया था। मानचित्र के अनुसार यह अड़तीसवीं अक्षांश रेखा पर स्थित था।

साढ़े बारह बजे के लगभग पैगानेल ने देखा कि लगभग सभी चट्टानें समुद्र की लहरों में समा गयी हैं।

"उससे बचना!" श्रीमती ग्लीनारवान ने कहा।

"कहाँ ?" पैगानेल ने पूछा।

"वह!" श्रीमती ग्लीनारवान ने लगभग एक मील की दूरी पर दीख रहे एक

काले बिंदु की ओर संकेत किया।

"हमें इस बिंदु की ओर ध्यान रखना है, क्योंकि तनिक ही देर में ज्वार की लहरें इसे ढँक लेंगी।"

"यह उन्हीं उत्तरी पर्वत-श्रेणियों का निकला हुआ हिस्सा है।" जॉन ने कहा, "सावधान रहना विल्सन!"

"हाँ, कप्तान!" उसने पतवार चलाते हुए जवाब दिया। आधे घंटे में वे लगभग एक मील आगे बढ़ आये परंतु वह काला बिंदु अभी तक लहरों के ऊपर दीख रहा था।

जॉन बड़े ध्यान से लगातार उसे देखता ही जा रहा था।

"वह कोई चट्टान नहीं है," वह बोला, "कोई तैरती हुई वस्तु है जो लहरों के साथ ऊपर नीचे हो रही है।"

"क्या मैक्वेरी के मस्तूल का टुकड़ा तो नही है," श्रीमती ग्लीनारवान ने पूछा।

"नहीं!" ग्लीनारवान ने कहा, "जहाज से इतनी दूर नहीं हो सकता।"

"रुको" मैंगिल्स चिल्लाया। "मैं समझ गया यह क्या है, एक छोटी-सी नाव है।"

"नाव !" ग्लीनारवान ऊँचे स्वर में बोले।

"हाँ, मेरे मालिक !"

"वे अभागे शायद समाप्त हो गये!" श्रीमती ग्लीनारवान चिल्लायी।

"हाँ!", जॉन ने जवाब दिया, "लगता है, अँधेरी रात्रि में तूफान में पड़कर वे चट्टानों से टकरा गये होंगे।"

"ईश्वर के दिल में उनके लिये दया होगी।" मेरी ग्रांट बुदबुदाई।

कुछ देर वे चुपचाप उसी नौका को देखते रहे लेकिन वहाँ कोई न था। वह देश से लगभग चार मील की दूरी पर थी।

"यह नाव हम लोगों के कुछ काम भी आ सकती है?" ग्लीनारवान ने कहा।

"उसी ओर चलो, विल्सन!" जॉन ने कहा।

बेड़े की दिशा बदल दी गयी। अचानक हवा की रफ्तार कम हो गई थी। वे दो घंटे तक वहाँ न पहुँच सके। मलरेडा खड़ा हो गया और हाथ बढ़ाकर नौका

अपनी ओर खींच ली।

"खाली ?" मैंगिल्स ने पूछा।

"हाँ कप्तान", मल्लाह ने जवाब दिया, "और पेंदा बिल्कुल टूट गया है। हमारे किसी काम की नहीं।"

"छोड़ो भी", मैंगिल्स ने कहा, "हमारा बेड़ा ही ठीक है, यह तो छोटे से धक्के से ही टुकड़े-टुकड़े हो जाएगी। सीधे देश की ओर चलो, विल्सन।"

उन्हें अभी दो मील का मार्ग और तय करना था। इसी बीच हवा रुकने लगी और भाटा आने के लक्षण प्रकट होने लगे। बेड़ा स्थिर हो गया और ऐसा लगने लगा कि अब यह दुबारा उसी दिशा में लौट जाएगा जहाँ से वे आये थे।

"लंगर डाल दो!" जॉन चिल्ला उठा।

मलरेडी ने तीस फुट गहरे पानी में लंगर डाल दिया। लंबे इंतजारा की तैयारियाँ होने लगीं। समुद्र की लहरें तेजी से उठ गिर रही थीं। ऐसा लगने लगा कि हवा किनारे की ओर बह रही है। ग्लीनारवान ने यह देखकर कहा कि हवा तो ठीक दिशा में बह रही है, क्यों न वे सब उसी समय खाना हो जाए। बेकार रुकने से क्या लाभ ?

"यह आपकी आँखों का धोखा है, मेरे मालिक! यद्यपि सागर हिलता हुआ प्रतीत हो रहा है, परंतु वास्तव में हिल नहीं रहा है। केवल अणुओं का संतुलन ही हो रहा है, इसके अलावा कुछ नहीं। यदि आप लकड़ी का एक टुकड़ा जल में डालें तो वह स्थिर ही रहेगा जब तक कि ज्वार या भाटा नहीं आ जाता। हमारे पास धैर्य के अलावा कोई चारा नहीं है। अगला ज्वार नौ बजे रात्रि में आएगा, उसके बाद पाँच बजे सुबह। हमें सुबह तक इंतजार करनी ही है।"

"अब हमें शाम का भोजन कर लेना चाहिए।" मेजर ने कहा।

ऑलबिनेट ने उनके सामने सुखाया हुआ गोश्त तथा एक दर्जन बिस्कुट रख दिये। उस रद्दी भोजन को रखते हुए उसे शर्म आ रही थी। फिर भी उन्होंने बड़ी खुशी से उसे पसंद किया। यहाँ तक कि स्त्रियों ने भी, जो कि उस यात्रा से परेशान हो गयी थीं।

यह डर था कि कहीं लंगर का रस्सा खुल न जाये। रस्सा टूट भी सकता था। ऐसा होने पर उन्हें सागर की लहरों के वश में हो जाना पड़ेगा।

रात गहरी होती जा रही थी। सूर्य अस्त हो गया। पश्चिम की ओर

आसमान पर फैली हुई प्रकाश की चमक पानी में होकर पानी को चाँदी-सा बना रही थीं। एक वस्तु और दीख रही थी। पश्चिम दिशा में, पेंदे की सहायता से खड़ा हुआ मैक्वेरी का ढाँचा। जल्द ही यह सब रात के गहन अंधेरे में खो गया।

उस संकरे से बेड़े पर उन बेचारों की हालत भी कितनी खराब थी। उनमें से कुछ सो गये तथा बाकी जागते रहे, यहाँ तक कि वे आधे घंटे के लिये भी न सोये।

लहरों का वेग बढ़ने के साथ-साथ हवा भी तेज गति से बहने लगी। ज्वार शुरू हो गया था। जॉन ने लंगर ऊँचा करने की आज्ञा दी। परंतु खिंचाव पड़ते-पड़ते लंगर बालू में धँस गया था। बिना विंडलास की सहायता से निकलना मुश्किल था। आधा घंटा बेकार की कोशिश में ज़ाया गया। जॉन धीरज खो बैठा। इसी समय एक झटका लगा और बेड़ा आजाद हो गया। लेकिन लंगर से स्वंतत्र होने के बाद, लहरों तथा हवा की इच्छा पर निर्भर हो गया।

मस्तूल फैल गया। वे धीरे-धीरे देश की ओर बढ़ चले जो अंधेरे में धुँधला-धुँधला दीख रहा था। वे बड़ी सावधानी से चट्टानों को बचाने की कोशिश कर रहे थे। उन्हें कितने कष्ट उठाने पड़ रहे थे एक ऐसे देश में जाने के लिये, जहाँ वे बेमन से जा रहे थे।

नौ बजे के लगभग, देश एक मील से भी कम दूरी पर रह गया था। चट्टानें उनके चारों ओर घिरी हुई थीं। उन्हें कोई ऐसा स्थान खोजना था जहाँ वे उतर सकते। हवा रुक गई। दस बजे के लगभग वे किनारे से तीन रस्सों की दूरी पर थें परंतु उनके पास लंगर न था। क्या दुबारा ज्वार-भाटे के साथ उन्हें समुद्र में ही डूबते-उतराते रहना होगा ? जॉन के दिल की गति तेज हो गयी। वह अपनी हथेलियाँ रगड़ रहा था तथा उस अनुपयोगी किनारे की ओर देख रहा था।

उसी समय उन्हें एक धक्का लगा। भाग्य से बेड़ा एक लहर का धक्का खाकर बालू की चट्टान पर रुक गया। किनारा यहाँ से एक सौ पचास फुट की दूरी पर था।

ग्लीनारवान, राबर्ट, विल्सन तथा मलरेडी पानी में उतर गये। बेड़े को अच्छी तरह चट्टान से बाँध दिया गया। स्त्रियाँ बिना अपने कपड़े भिगोये हुए दूसरों की सहायता से देश पहुँच गयीं। आखिर में उन्होंने खाने की सामग्री तथा शस्त्रों के साथ न्यूजीलैंड के किनारे पर पैर रखा।

परिच्छेद 7

ग्लीनारवान की राय थी कि बिना समय बरबाद किये उन्हें आकलैंड की ओर चल देना चाहिए। लेकिन सुबह आकाश घने बादलों से ढँक गया। ग्यारह बजे के लगभग भीषण वर्षा शुरू हो गयी। उन्हें शरण लेने के लिये स्थान खोजना जरूश्री हो गया।

भाग्य से विल्सन ने एक गुफा खोज निकाली। यह शायद लहरों के थेपड़ों से चट्टानों में बन गयी थी। वहाँ पर एक प्रकार की सूखी हुई समुद्री घास पड़ी थी जो शायद किसी समय पानी के साथ आ गयी होगी। इस घास ने एक प्रकार का नरम गद्दा बना दिया था। उन लोगों ने गुफा के मुहाने पर लकड़ी के टुकड़े इकट्ठा कर आग जला ली, जिससे उनके भीगें हुए कपड़े सूख जायें और उन्हें कुछ गर्मी मिले।

जॉन ने सोचा था कि यह भीषण वर्षा जल्दी ही रुक जाएगी। लेकिन घंटों बीत गये पानी जैसे रुकने का नाम ही न ले रहा था। उन मजबूत धैर्यवान् व्यक्तियों का हौसला समाप्त होता जा रहा था। दोपहर के समय हवा में कुछ ताजगी आ गयी परंतु बारिश की रफ्तार बढ़ती ही जा रही थी। तूफान में निकलना बेवकूफी थी। कुछ घंटे वहाँ रुककर यदि वे जंगलियों से बचे रह सकते थे तो यह वाकई अच्छा ही था।

परिच्छेद 8

सात फरवरी की सुबह थी। लगभग छः बजे ग्लीनारवान ने यात्रा का सिग्नल दे दिया। वर्षा रात में रुक गयी थी। आकाश हल्के भूरे बादलों से घिरा था। बारिश हो जाने से मौसम बदल गया था। उनके अनुमान के विपरीत दिन की यात्रा इतनी थका देनेवाली न थी जितनी कि वे पहले सोच रहे थे।

पैगानेल ने मानचित्र में देखा कि काहुआ तथा आकलैंड के मध्य की दूरी अस्सी मील थी। यदि वे चौबीस घंटे में दस मील की यात्रा करते तो आठ दिन में पहुँच सकते थे। उसने सोचा कि बजाय समुद्र के किनारे-किनारे चलने से अच्छा है कि 'बैकाटो' तथा 'वैपा' के संगम, जो कि 'न्गानी वाहिया' गाँव में स्थित है, होते हुए चलें। वहाँ पर उन्हें नापीर से आकलैंड की बहुत बड़ी दूरी तय करनेवाला 'ओवरलैंड मेलस्ट' मिल जाएगा। यहाँ से वे आसानी से ड्रूरी पहुँच सकते थे। ड्रूरी में उन्हें बढ़िया होटल भी मिल जाएगा जहां पर वे रुक सकते थे।

यात्री सामान लेकर आओटिया की खाड़ी से चल पड़े। वे एक-दूसरे के साथ-साथ चल रहे थे। शायद वहाँ के निवासियों के डर से।

कुछ समय बाद वे बालू से ढँकी हुई भूमि पर आ गये। चारों ओर ढेरों सीपियाँ, घोंघे, सूखी हुई हड्डियाँ तथा लोहे के ऑक्साइड और प्रोटो ऑक्साइड बिखरे हुए थे। यदि यहाँ पर एक चुंबक रख दिया जाता तो वह छोटे-छोटे चमकीले टुकड़ों से पूर्णरूपेण ढँक जाता। किनारे के पास कुछ समुद्री जंतु दीख रहे थे, जिन्हें वहाँ से हटने की कोई जल्दी न थी। सील मछलियों के गोल सिर तथा भावपूर्ण आँखें दिखाई पड़ रही थीं। जावा में इनका लेकर बड़ी सुंदर कविताएँ रची जाती हैं। लेकिन सच में इनकी आवाज केवल बेसुरी काँव-काँव के

अलावा कुछ नहीं थी। न्यूजीलैंड में ये बहुत मात्रा में पायी जाती है। व्यापार की नजर से ये अपने तेल तथा फर के लिये महत्त्वपूर्ण हैं।

इनके मध्य नीले-भूरे रंग के चार समुद्री हाथी दिखाई पड़ रहे थे। पच्चीस-तीस फुट से कम लंबे न होंगे। ये वास्तव में हाथी न थे। एम्फीबिया समुदाय के प्राणी थे। चारों सुस्ती से भूमि पर चित्त पड़े थे। इनके चेहरे पर त्वचा की रचना किसी फैशनेबिल युवक की घुँघराली दाढ़ी-मूँछों की याद दिलाती थी। राबर्ट जो कि उन्हें बड़ी रुचि से देख रहा था, अचानक चिल्ला उठा—

"उन सीलों को देखो ! पत्थर खा रही हैं।"

वास्तव में अनेक जंतु बड़े आनंद से कंकड़-पत्थर खा रहे थे।

"हाँ, यह ठीक है," पैगानेल बोला, "कोई झूठला नहीं सकता कि ये पत्थर नहीं खा रहे हैं।"

"क्या खाना है !" राबर्ट बोला, "भला कैसे पचता होगा ?"

"यह स्वास्थ्य के लिये नहीं खातीं, मेरे बच्चे ! शरीर का भार बढ़ाने के लिये कंकड़-पत्थर खाती हैं, जिससे आसानी से पानी के तल तक पहुँच सकें। जब ये भूमि पर आती हैं तब इन पत्थरों को बिना किसी दुःख के बाहर निकाल देती हैं। देखो, वे पानी में डूब रही हैं।"

लगभग आधा दर्जन सील किनारे से हटकर पानी में गायब हो गयीं। लेकिन ग्लीनारवान की इच्छा न थी कि सीलों के दुबारा बाहर निकलने तथा कंकड़ बाहर निकालने की लीला देखने में बहुमूल्य समय बेकार गँवाया जाये। राबर्ट तथा पैगानेल की इच्छा के विरुद्ध यात्रा जारी ही रही। दस बजे के लगभग वे सुबह के नाश्ते के लिये रुक गये। उस स्थान पर बड़ी-बड़ी चट्टानें थीं। मोलस्का समुदाय के ढेरों प्राणी पड़े थे। इनसे एक प्रकार की सुगंध निकल रही थी। ऑलबिनेट से इन्हीं जंतुओं को पकाकर नाश्ता तैयार किया। नाश्ता इतना बढ़िया था कि वे खाते ही चले गये। नाश्ता करने के बाद यात्रा दुबारा शुरू हो गयी। समुद्री पक्षियों का बहुत बड़ा झुंड चट्टानों पर आराम कर रहा था। चार बजे शाम तक उन्होंने दस मील का मार्ग बिना किसी थकान के पूरा कर लिया। स्त्रियों की इच्छा थी कि रात होने तक यात्रा जारी रखी जाये। इस समय उन्हें थोड़ा-सा मार्ग बदलने की जरूरत थी। उन्हें उत्तर की ओर पर्वतों के पैरों के पास से निकलने का मन बनाया ताकि वैपा की घाटी तक पहुँच सकें।

उनके नेत्रों के सामने दूर तक फैला घास का लंबा मैदान उन्हें याद दिला रहा था कि यात्रा में कोई कष्ट न होगा। परंतु हरियाली के पास पहुँचकर मालूम हुआ कि वह घास न थी बल्कि कंटीली झाड़ियाँ थीं। सफेद फूलों से ढँकी हुई थीं। बीच-बीच में फर्न के ऊँचे-ऊँचे पेड़ थे। फर्न के पौधे न्यूजीलैंड में अधिक मात्रा में पाये जाते हैं। वे बड़े कठिन मार्ग पर पहुँच गये थे। फिर भी आठ बजे के लगभग उन्होंने हाकारी होआटा की पहली पहाड़ी पार कर ली थी। अधिक देर न करके उन्होंने रात भर के लिये डेरा डाल दिया। चौदह मील का मार्ग पैदल तय करने के बाद आराम करना जरूरी था।

उनके पास डेरा डालने के लिये तंबू आदि तो था नहीं। इसलिए वे 'नारफॉक पाइंस' के सुंदर वृक्षों के नीचे लेट गये। सबने अपने शस्त्रादि सँभालकर रख लिये तथा बारी-बारी से दो-दो व्यक्ति पहरा देते रहे। उन लोगों ने आग जलाना उचित न समझा क्योंकि आग जंगली जानवरों से तो रक्षा कर सकती थी, जो कि न्यूजीलैंड में नहीं होते परंतु जंगली मनुष्यों से नहीं। आग जलाना तो उन्हें एक प्रकार से न्यौता देना था। उनकी रात बहुत अच्छी बीतीं यदि बालू की मक्खियों ने उन्हें परेशान न किया होता। इसका डंक बड़ा तेज होता है। न्यूजीलैंड की भाषा में इसे "न्गाम्" कहते हैं।

अगले दिन की सुबह आ गयी। पैगानेल कुछ अधिक भरोसे से जगा। माओरिस न तो प्रकट हुए थे और न उसे स्वप्न में ही दिखाई दिये थे। वह संतुष्ट लग रहा था।

"मेरा विचार है," वह बोला, "हमारी यात्रा बिना कष्ट के खत्म हो जाएगी। आज शाम तक हम वैपा तथा वैकाटो के संगम पर पहुँच जाएँगे; वह स्थान छोड़ने के बाद हमें माओरिस से कोई विशेष डरने की जरूरत नहीं।"

"वैपा तथा वैकाटो के संगम तक पहुँचने के लिए कितना मार्ग तय करना होगा?' ग्लीनारवान ने पूछा।

"पंद्रह मील, लगभग उतना ही जितना हम कल चले थे।"

"लेकिन हम अधिक प्रगति न कर सकेंगे यदि ये कंटीली झाड़ियाँ मार्ग भर रहेंगी।"

"नहीं," पैगानेल ने जवाब दिया, "हम वैपा के किनारे-किनारे चलेंगे, बिल्कुल सीधा और सरल मार्ग मिल जाएगा।"

“अब यात्रा शुरू हो जानी चाहिए,” ग्लीनारवान बोले, जो देख रहे थे कि स्त्रियाँ चलने के लिये तैयार हो गयी थीं।

यात्रा का पहला भाग बड़ा कष्टदायक था। न्यूजीलैंड में पैदल चलनेवाले इन यात्रियों के लिये यह फर्न के पौधे माओरिस से कम दुखदायी न थे।

उस छोटे से समूह ने मार्ग में आनेवाली हजारों कठिनाइयों का अनुभव कर लिया था। लेकिन दोपहर होने से पहले ही वे वैपा के किनारे पहुँच गये और बिना किसी कठिनाई के नदी के किनारे-किनारे उत्तर की ओर चलने लगे।

वे एक अत्यंत सुंदर घाटी में पहुँच गये। हरियाली के मध्य एक छोटी-सी नदी बह रही थी। वनस्पति जानकार हुकर के अनुसार इस वनस्पति की दो हजार जातियाँ होती हैं। इनमें से पाँच सौ तो यहाँ अवश्य ही होंगी। फूल बहुत ही कम दीख रहे थे। वार्षिक पौधे लगभग नहीं के बराबर थे, परंतु घास तथा अम्बेलीफेरी कुल के पौधे अधिक संख्या में थे। गहरे रंग की हरियाली में गहरे लाल पुष्पों से लदे हुए ‘मेट्रोसाइडेरॉस’ के वृक्ष इधर-उधर उगे थे। नारफॉक, पाइन्स, थूजा तथा ‘रिमू’ नाम के वृक्ष भी कम न थे। सभी वृक्षों के तने फन के पौधों से घिरे थे।

वृक्षों की शाखों पर काकातुआ पक्षी उड़-उड़कर शोर मचा रहे थे। काकारिकी पक्षी का रंग हरा था और गले में लाल रंग की एक पट्टी-सी बनी थी। टॉपो, साउदर्न नेस्टर आदि पक्षी भी दीख रहे थे।

मेजर तथा राबर्ट ने कुछ पक्षियों का शिकार किया। ऑलबिनेट जाकर उन्हें उठा लाया। पैगानेल एक विशेष प्रकार के पक्षी जिसे ‘तुई’ कहते हैं, की खोज में इधर-उधर नजर दौड़ा रहा था। इसका रंग काला होता है तथा गर्दन पर सफदे पट्टी होती है।

“यह ‘तुई’,” पैगानेल ने कहा, “सर्दियों में इतनी मोटी हो जाती है कि अपने आपको बीमार महसूस करने लगती है, हल्की होने के लिये अपनी छाती को चीरकर चोंच से काफी मांस निकाल डालती है।”

“क्या?” मेजर ने कहा, “भाई मुझे तो विश्वास नहीं होता।”

पैगानेल उस पक्षी को देखने के लिये बहुत बेचैन था ताकि मेजर को उसकी बहादुरी दिखा सके। यह पक्षी मनुष्यों, कुत्तों तथा बिल्लियों से रक्षा करने के हेतु न्यूजीलैंड में रहने लगा था और अब ऐसा लग रहा था कि यह न्यूजीलैंड फॉना से भी गायब होनेवाला है। राबर्ट ने जो कि इतनी देर से जासूसों की तरह कुछ

खोज रहा था, एक वृक्ष की जड़ में एक घोंसला ढूँढ़ निकाला, जिसमें बड़े ही विचित्र प्रकार के उल्लुओं का एक जोड़ा था। इनके न तो पंख थे, न पूँछ। कठफोड़वा पक्षी के समान लंबी चोंच थी तथा सफेद पंखों से ढंके थे। यह अद्भुत पक्षी अंडे देनेवाले जंतुओं के स्तनधारी की तरह था। न्यूजीलैंड निवासियों के अनुसार उन्हें "किवी" तथा वैज्ञानिकों के अनुसार "एप्टेरिक्स ऑस्ट्रेलिस" कहते हैं। इनका आहार कीड़े-मकोड़े, छोटे-छोटे लारवा इत्यादि हैं। बड़ी कठिनाई से ढूँढ़-ढाँढ़ कर यूरोप के "जूलॉजिकल गार्डेंस" में भी रखा गया है। वैसे यह केवल न्यूजीलैंड में ही पाया जाता है। इसके विकसित रूप ने यात्रियों को कम हमेशा आकर्षित किया है।

पैगानेल इन्हें पाकर खुश हो गया। उसने "जार्डिन डिस प्लान्टेस" को भेंट देने के लिये इन पक्षियों को बड़ी सावधानी से रख लिया। वह इस समय एक सुंदर पिंजड़े की कल्पना कर रहा था जिसमें रखकर भेंट देगा तथा उसके साथ एक कार्ड होगा जिस पर लिखा होगा, "एम. जैक्वेस पैगानेल के द्वारा।

इस समय न्यूजीलैंड के युद्धों की चर्चा हो रही थी। वे उस द्वीप तथा खून के संबंध का मूल्य आँकने का प्रयत्न कर रहे थे।

"हमने अपना देश खो दिया, भविष्य में हम उसके न कहला सकेंगे। जल्दी ही वह लोग आ जाएँगे और हमें दास कहा जाएगा।"

"मैं पहले भी कह चुका हूँ कि यहाँ के निवासी बड़े साहसी हैं। वे कदम से कदम मिलाकर सामना करते हैं तथा विजय पाते हैं। माओरिस जाति के जंगली प्राचीन काल के स्कॉटलैंड निवासियों की ही भाँति होते हैं। कोई लंबा होता है, कोई ठिगना। बाल बिल्कुल सीधे होते हैं जैसे माल्टीस या बगदाद के ठग।"

वह छोटी-सी पार्टी बिना थके नदी के किनारे-किनारे चलती चली जा रही थी। यह स्थान एकदम वीरान था। मनुष्य का तो कहीं अता-पता भी न था। नदी में लहरें उठ-गिर रही थीं। पूर्वी सीमा पर पर्वत-श्रेणियाँ दीख रही थीं। इन विशालकाय पर्वतों के ऊपरी भाग आकाश के धुँधलके में विलीन हो गये थे तथा प्राचीन काल के विशाल जंतुओं के समान लग रहे थे। ये ज्वालामुखी पर्वत थे जो कि दिन-प्रतिदिन पानी से ऊपर आते जा रहे थे। कुछ भाग तो बीस वर्षों में छः फुट ऊपर उठ आये थे। कई स्थानों के फट जाने से गर्म पानी के झरने निकल

आये थे।

चार बजे थे। पैगानेल ने मानचित्र में देखा कि वैपा-वैकाटो का संगम यहाँ से पाँच मील से भी कम दूरी पर है। वहीं से उन्हें आकलैंड जाने का सीधा मार्ग मिल जाएगा तथा वहीं पर उन्हें रात को विश्राम भी करना है।

''श्री पैगानेल, यदि मैं भूलता नहीं हूँ तो आपने शायद इस संगम पर किसी गाँव के होने की बात कही थी।''

''क्या हम रात वहां बिता नहीं कर सकते ? वहाँ शायद हमें कोई अच्छा होटल भी मिल जाये।''

''होटल !'' पैगानेल अजीब तरह से बोला, ''माओरी गाँव में होटल ! वहाँ तो कोई सराय भी न होगी। अरे, उस गाँव में तो सिवाय झोपड़ियों के और कुछ न होगा; और मेरे विचार से तो वहाँ से जितनी दूर रहा जाये, अच्छा है।''

''तुम तो बेकार ही डरते हो, पैगानेल,'' ग्लीनारवान बोले।

''मेरे मालिक ! माओरिस के हाथों पड़ जाने से तो यह डर ही अच्छा है; पता नहीं वे हमारे साथ कैसा सलूक करें। मैं तो हर प्रकार से उस गाँव को टाल जाना ही अच्छा कहूँगा। एक बार बस हम ड्रूरी पहुँच जायें फिर तो यात्रा की सभी दिक्कतें दूर हो जाएँगी।''

पैगानेल की बात मान ली गयी। लेडी ग्लीनारवान ने कहा—''हमें किसी भी प्रकार का खतरा मोल न लेना चाहिए।'' उनकी तथा मेरी ग्रांट की ठहरने की जरा भी इच्छा अतः वे नदी के किनारे चलते ही गये।

दो घंटे बाद पर्वतों पर अंधकार की पहली छाया फैलने लगी। पश्चिम में अस्त होते हुए सूर्य की अंतिम सुनहरी किरणें पर्वतों की चोटियों पर पड़ रही थीं। ऐसा लग रहा था मानो यात्रियों को सलामी दी जा रही हो। उनके कदम तेज हो गये। रात होने से पूर्व ही उन्हें संगम पर पहुँच जाना था परंतु दुर्भाग्य से भूमि से धूल का एक गुबार-सा उठने लगा और उन्हें मार्ग देखने में दिक्कत होने लगी।

लेकिन वे बढ़ते गये। जल्द ही उन्हें जल का गर्जन सुनाई पड़ने लगा जो दो नदियों के मिलने के स्थान से आ रहा था। आठ बजे वे उस स्थान पर आ पहुँचे जहाँ वैपा अपने वजूद को वैकाटो में विलीन कर रही थी।

''वह रही वैकाटो !'' पैगानेल चिल्लाया, ''दाहिने किनारे से आकलैंड जानेवाला रास्ता मिल जाएगा।''

“वह सब सुबह देखा जाएगा।” मेजर ने कहा, “हमें यहीं पर डेरा डाल देना ठीक रहेगा; अब बस भोजन करके सो जाना चाहिए।”

“बिस्कुट और सूखा गोश्त खा लिया जाएगा लेकिन बिना आग जलाये; अब तक तो हम यहाँ के निवासियों से बचते आये हैं, हे ईश्वर ! आगे भी रक्षा करना। यह गुबार भी हमें छिपाने में मदद करेगा।” पैगानेल बोला।

सभी को पैगानेल की बात ठीक जँची। ठंडा भोजन बिल्कुल चुपचाप कर लिया गया; और जल्द ही पंद्रह मील की यात्रा से थके हुए यात्री सो गये।

परिच्छेद 9

दूसरे दिन सुबह की रोशनी में वैकाटो का सौंदर्य चमक उठा। इस जगह से लगभग एक चौथाई मील की दूरी पर जल की धारा फेनिल थी तथा आगे बढ़कर बिल्कुल शांत होती हुई पैसिफिक की ओर चली गयी थी।

अभी फेनिल जल खत्म ही हुआ था कि वैकाटो को पार करती हुई एक विशालकाय डोंगी दिखाई पड़ने लगी जिसकी लंबाई लगभग सत्तर फुट तथा चौड़ाई लगभग पाँच फुट से कम न होगी। यह कुछ-कुछ वेनिस के "गण्डोला" की तरह लग रही थी। किसी वृक्ष के तने को खोखला कर बनायी गयी थी। डोंगी के तले में फर्न के सूखे पत्ते बिछे थे। आठ पतवारें उसे चलाने में सहायता कर रही थीं और एक मनुष्य पिछले भाग में बैठा किसी पैडिल को चला रहा था। उसकी उम्र लगभग पैंतालिस वर्ष की होगी, छाती चौड़ी, भुजाएँ मांसल तथा हाथ-पैर बिल्कुल मजबूत दीख रहे थे। माथे पर गहरी सिकुड़नें थीं। नजर बड़ी भयानक थी। कुल मिलाकर वह मनुष्य डरावना लग रहा था। वह बहुत बड़े माओरिस समूह का मुखिया था। उसके शरीर पर बढ़िया कलात्मक ढंग से चित्रकारी थी। दो काली वक्र रेखाएँ उसकी उकाब के समान मुड़ी हुई नाक से शुरू हुई थीं तथा उसकी पीली आँखों का घेरा बनाती हुई माथे के बीचोंबीच जाकर मिल गयी थीं और आखिर में बालों में गायब हो गयी थीं। चेहरे, ठुड्डी तथा दाँतों पर भी नमूने बने थे। ये नमूने चेहरे से होते हुए छाती तक पहुँच गये थे। छाती पर लिखा था, "मोको।" इन सबसे ही पता चलता था कि वह मुखिया था ड्यूमांट डी अरबिले ने इनके रीति-रिवाजों के विषय में काफी लिखा है।

कहा जाता है कि शरीर को गोदकर की जानेवाली इस चित्रकारी से क्यूटेनियस संस्थान में अतिरिक्त मोटाई आ जाती है, जिससे त्वचा में, मौसम बदलने से होनेवाले तापक्रम परिवर्तन तथा मच्छरों आदि से रक्षा करने की अधिक शक्ति आ जाती है।

वह एक चटाई पर बैठा था जो कि "फोरमियम" की बनी थी तथा उस पर कुत्ते की खाल से चित्रकारी की गयी थी। उस व्यक्ति के कानों में हरे पत्थर के गहने थे, गर्दन में 'पाउनामस' पत्थर का हार चमचमा रहा था। शरीर के एक ओर अंगरेजी बंदूक लटक रही थी तथा एक कुल्हाड़ी की तरह वस्तु रखी थी। इसका रंग पन्ने की तरह हरा था तथा लंबाई लगभग अट्ठारह इंच होगी। दो धारोंवाली इस वस्तु को न्यूजीलैंड के निवासी "पातोउपातोउ" कहते हैं।

उसके समीप ही नौ व्यक्ति बैठे थे जो उससे निम्न श्रेणी के लग रहे थे। इनके शरीरों पर ताजे घावों के निशान थे; बड़े-बड़े लबादों से अपने शरीर को ढँके हुए बिल्कुल चुपचाप बैठे थे। तीन जंगली कुत्ते उनके पैरों के पास पड़े थे। आठ व्यक्ति मुख्य नौकर या दास मालूम पड़ रहे थे। वे पतवार चला रहे थे। डोंगी बहुत तेज रफ्तार से पानी पर फिसलती हुई आगे बढ़ रही थी। इस लंबी नौका के बीचोबीच कुछ व्यक्ति नजर आ रहे थे जिनके पैर बँधे थे लेकिन उनमें हाथ आजाद थे। ये थे दस यूरोपियन कैदी।

इनके नाम थे, ग्लीनारवान, श्रीमती ग्लीनारवान, मेरी ग्रांट, रॉबर्ट, पैगानेल, मेजर, जॉन मैंगिल्स, स्टीवार्ड तथा दो नाविक।

वे बंदी थे। इस समय उनके चारों ओर जंगली माओरिस जाति के आदमी थे। उन्हें हैरानी हो रही थी कि अभी तक उनके साथ किसी प्रकार का बुरा बर्ताव न किया गया था। परंतु उनके सभी हथियार ले लिये गये थे।

वे बातचीत में अंगरेजी शब्द का प्रयोग भी कर रहे थे। उनके मुखिया का नाम काई कोमाऊ था, जिसका मतलब उनकी भाषा में होता था, "जो अपने दुश्मन का भक्षण करता हो।" वह बड़ा वीर तथा साहसी था; लेकिन उस का रवैया उसकी वीरता को कम कर देता था। उससे दया की आशा करना व्यर्थ था। अंगरेज सैनिक उसके नाम को जानते थे। उसे न्यूजीलैंड के गवर्नर से एक बार इनाम मिला था, जिसे इस समय भी वह सिर पर धारण किये था।

इस अंतिम दुर्घटना से श्री ग्लीनारवान बहुत दुखी थे, परंतु उनके ठंडे और शांत चेहरे को देखकर कोई अनुमान भी न लगा सकता था कि वे क्या सोच रहे हैं। वे धार्मिक किसिम के थे। इतनी मुश्किलों के बाद उन्होंने भगवान पर भरोसा न छोड़ा था और इस समय भी उन्हें भगवान पर भरोसा था।

उन्हें अंगरेजी शब्दों का प्रयोग करते देखकर ग्लीनारवान ने सोचा कि यह भाषा उन लोगों के लिये अनजान नहीं है। काफी सोचने के बाद उन्होंने तय किया कि वे अपने साथियों के भविष्य के बारे में उनसे सवाल करें। काई कोमाऊ को संबोधित कर निर्भय आवाज में पूछा—"आप हमें कहाँ ले जा रहे हैं, श्रीमान् ?"

काई कोमाऊ ने एक बार उनकी ओर देखा लेकिन कोई जवाब न दिया।

"आप हमें कहाँ ले जाना चाहते हैं ?" ग्लीनारवान ने दुबारा पूछा।

काई कोमाऊ कुछ देर तक उनकी ओर घूरता रहा, इसके बाद रौबीली आवाज में बोला—"तुम्हें अपने साथियों से बदलना चाहते हैं, अगर तुम्हारे साथियों को यह मंजूर हुआ, वरना तुम लोगों को मार दिया जाएगा।"

ग्लीनारवान ने दुबारा कोई सवाल न किया, लेकिन उम्मीद दुबारा लौट आयी। वास्तव में कुछ माओरी सैनिक अंगरेजों के हाथों में पड़ गये थे और वे इस समय इन लोगों को बदलकर छुड़ाये जा सकते थे। इसीलिये उन बंदियों को की उम्मीद हो गयी।

वैकाटो न्यूजीलैंड की राष्ट्रीय नदी है। माओरिस जाति को इस पर उतना ही गर्व है जितना एक जर्मन को राइन नदी पर। यह बड़ी सुंदर घाटियों से होती हुई विलिंगटन से आकलैंड को गयी है।

पैगानेल जानता था कि यहाँ के निवासी न्यूजीलैंड की उस महाधमनी पर बड़ी श्रद्धा रखते हैं। उसे यह भी मालूम था कि आज तक वैपा-वैकाटो के संगम से आगे कोई यूरोपियन नहीं जा सका है। वह यह सोच ही रहा था कि काई कोमाऊ अपने बंदियों को कहाँ ले जाएगा तभी सरदार तथा उसके साथियों ने "ताडपो" शब्द का नाम लिया।

वह इस नाम को सुनकर सावधान हो गया। अपना मानचित्र उठाकर देखा तो पता लगा कि ताउपो आकलैंड के दक्षिणी भाग में द्वीप के सबसे अधिक

पर्वतीय स्थान में स्थित एक झील का नाम था। वैकाटो उसी झील से निकली थी।

पैगानेल ने फ्रेंच में जॉन मैंगिल्स से डोंगी की रफ्तार के बारे में पूछा, जिससे जंगली उनकी बातचीत न समझ सकें। जॉन ने कहा कि उसके विचार से पाँच मील प्रति घंटे की रफ्तार है।

"यदि हम रात को रुका करेंगे तो लगभग चार दिन लग जाएँगे झील तक पहुँचने में।" पैगानेल बोला।

"लेकिन अंगरेजों के हेड क्वार्टर हैं किस स्थान पर ?" ग्लीनारवान ने पूछा।

"यह पता लगाना तो मुश्किल है," पैगानेल ने कहा, "जहाँ तक मेरा विचार है, युद्ध तारानाकी में हुआ होगा और सेना वहीं झील के आसपास ही कहीं होनी चाहिए।"

"हे ईश्वर ! न्याय करना!" श्रीमती ग्लीनारवान बुदबुदाईं। ग्लीनारवान ने शोक से अपनी युवती पत्नी तथा मेरी ग्रांट को देखा जो इस समय जंगलियों की दया पर निर्भर थीं, मनुष्यता से परे, जंगली। देश से बहुत दूर। उन्होंने काई कोमाऊ की ओर नजर डालकर एक ठंडी साँस खींची।

दस मील जाने पर उन्हें नदी के बायीं ओर एक गाँव दिखाई पड़ा। पैगानेल ने मानचित्र में देखा गाँव का नाम था किरीकिरिरोआ। काई कोमाऊ रुका नहीं। उसने बंदियों को वही भोजन दिया जो वे अपने साथ लाये थे। जंगलियों ने "टेरिस एस कलेंटा" नामक फर्न की जड़ें तथा आलू या "कैपाना" खाना शुरू कर दिया। उनके भोजन में मांस का नाम-निशान भी न था। बंदियों के भोजन के सूखे गोश्त ने उन्हें तनिक भी अपनी ओर न खिंचा।

लगभग तीन बजे दोपहर को नदी के दाहिने किनारे पर पाकारोआ रेंज दीखने लगा। बहुत ऊँचाई पर बने हुए कुछ पुराने किले दिखायी पड़ रहे थे। इन्हें यहाँ के निवासी "पाह" कहते थे। ये चील के घोंसलों की तरह बहुत सुरक्षित जगहों पर बने थे।

जिस समय डोंगी किनारे लगी सूर्य छिप रहा था। किनारे कुछ वृक्ष उगे थे। ठहरने के लिये सुंदर जगह थी। काई-कोमाऊ ने बंदियों को किनारे लाने को कहा। पुरुषों के हाथ बाँध दिये गये लेकिन स्त्रियों को आजाद ही रखा गया।

उन्हें तंबू के बीचों-बीच रखा गया। चारों ओर आग जला दी गयी। अगले दिन उनकी यात्रा दुबारा शुरू हो गयी। डोंगी बहुत तेज गति से जल पर फिसलने लगी। दस बजे वे पोहाइवेना पर कुछ देर के लिये रुक गये। पोहाइवेना एक छोटी-सी नदी है, इस स्थान पर आकर वैकाटो में मिल जाती है।

इस स्थान पर उन्हें एक और डोंगी मिली। यह डोंगी भी उन्हीं के साथ हो ली। इसमें दस व्यक्ति थे। यह शायद अंगरेजों से युद्ध करके आ रहे थे क्योंकि इनके कपड़े फटे थे, हथियार खून से सने थे तथा घावों से खून बह रहा था। इन लोगों ने यूरोपियन बंदियों की ओर जरा भी ध्यान न दिया।

दोपहर के समय पश्चिम में माउन्गातोतारी की चोटियाँ दिखाई देने लगीं। यहाँ पर घाटी बहुत संकरी हो गयी थी। नदी की धारा का वेग तथा गर्जन तेज होता जा रहा था। कुछ समय बाद नदी का जल दुबारा शांत गति से बहता हुआ मिला।

शाम होते-होते काई कोमाऊ ने डोंगी किसी पर्वत के पैरों के समीप रोक दी। वहाँ पर उन्हें बीस जंगली मिले। एक व्यक्ति, जो काई कोमाऊ की ही श्रेणी का व्यक्ति जान पड़ता था, आगे बढ़ आया और उसकी नाक से अपनी नाक रगड़ कर नमस्कार किया। इस नमस्कार को वे ''चौंगुई'' कहते हैं। बंदियों को डेरे के बीचों-बीच रखा गया। कुछ व्यक्ति बड़ी चौकसी से पहरा देने लगे।

दूसरे दिन उनकी यात्रा दुबारा शुरू हो गयी। सहायक नदी से दूसरी भी कई डोंगियाँ साथ हो लीं। उन पर लगभग साठ आदमी थे। इनके शरीरों पर अंगरेजों की बंदूक से निकली गोली के ताजे घाव थे। कभी-कभी डोंगियों से एक गीत सुनाई दे जाता था–

''पापा रा टी वाटी टीडी,
आउ डोंउगा नी–''

देश-भक्ति के उस गीत को गानेवाले गायक की आवाज रह-रहकर इस पर्वतीय स्थान में गूँज जाती थी। उसकी वाणी जोश तथा गर्व से भरी हुई थी। एक खंड खत्म हो जाने पर वे अपनी छाती इतने जोर-जोर से पीटने लगते थे कि ऐसा लगता था मानो ढोल बजाया जा रहा हो। दोपहर के समय एक विचित्र घटना घटी। लगभग चार बजे का समय होगा। डोंगी एक संकरी घाटी के पास

पहुँच गयी थी। इस स्थान पर पानी में उबाल-सा आ रहा था। छोटे-छोटे टापुओं के चारों ओर पानी बड़ी तेज गति से चक्कर काट रहा था। आगे बढ़ना मौत को दावत देना था। इस स्थान ने सदा से यात्रियों का ध्यान अपनी ओर खींचा है।

लोहे के आक्साइडों के वजूद के कारण नदी के दोनों किनारों की भूमि का रंग लाल हो गया था। घास का कहीं अता-पता न था। हवा में गंधक की लहर थी। वहाँ के निवासियों को इससे कोई दिक्कत न थी, लेकिन गैस के कारण बननेवाले बुलबुलों तथा अशुद्ध वायु की तेज गंध से बंदियों को कष्ट हो रहा था; लेकिन उनक नेत्र इस चित्ताकर्षक दृश्य को देखने का लोभ संवरण न कर पा रहे थे। डोंगी घनी सफेद भाप से होकर गुजर रही थी। तभी उन्हें एक किला दिखाई दिया। किनारे पर लगभग सौ फव्वारे दीख रहे थे। कुछ में से भाप तथा कुछ में से द्रव इस प्रकार निकल रहा था जैसे झरने या सोते से निकलता है। ऐसा लग रहा था मानो यह मनुष्य के हाथ से बनाये गये हों। सूर्य कि करणें पड़ने से भाप, जल तथा वायु के इस मिश्रण ने इंद्रधनुष-सा सतरंगा रूप धारण कर लिया था।

पृथ्वी के अंदर दबी गर्मी के कारण वैकाटो का जल इस स्थान पर उबला करता है। रोतोनी झील के पास ही रोतोमाहाना तथा तेताराता के उबलते हुए झरने तथा सोते हैं। न्यूजीलैंड के प्रमुख ज्वालामुखी पर्वत तौंगारिरो तथा बाकारी के छोटे मुखों से भी पृथ्वी के अंदर दबी हुई जो गैस बाहर नहीं निकल पाती है वह इन सोतों के रूप में निकलती है। दो मील आगे बढ़ने पर घने भाप का बादल गायब हो गया। गंधक की गंध समाप्त हो गयी। लगभग बेहोश से बंदी दुबारा स्वस्थ होने लगे। अब वे स्वच्छ हवा में साँस ले रहे थे। दिन समाप्त हो रहा था। इस शाम उन्होंने वैपा-वैकाटो संगम से सौ मील की दूरी पर डेरा डाला था। नदी पश्चिम की ओर जाकर दक्षिण की ओर मुड़ जाती थी तथा कुछ आगे बढ़ने पर ताउपो झील में मिल जाती थी।

जैक्वेस पैगानेल ने मानचित्र में देखा, दाहिने किनारे पर 3,000 फुट ऊँचा ताउबारा पर्वत था।

दूसरे दिन दोपहर में वे ताउपो झील में पहुँच गये। बंदियों ने देखा कि वे सब बड़े उत्साह से एक झोपड़े की छत से लगे झंडे को प्रणाम कर रहे थे। यह राष्ट्रीय ध्वज था।

परिच्छेद 10

वे इस समय माँगा पर्वत के चरणों के समीप दक्षिणी किनारे का स्पर्श कर रहे थे। उनके सामने "फोरमियम" से लदी धरती थी। फोरमियम न्यूजीलैंड में पाये जानेवाले एक पौधे का नाम है। यह बड़ा कीमती सन उत्पन्न करता है। इसके फूलों से एक प्रकार का मकरंद निकलता है, तने से एक प्रकार का लसलस पदार्थ निकाला जाता है जिसे गोंद तथा स्टार्च की तरह काम में लाया जाता है। इससे मोम भी बनाया जाता है। पत्तियाँ कागज बनाने के काम आती हैं तथा इन्हें सुखाकर सन बनाया जाता है। इसकी चटाइयाँ तथा वस्त्र तो सबसे फैशनेबिल माओरिस ही काम में लाते हैं।

यह बेशकीमती फोरमियम के पौधे नदी तथा झील के दोनों किनारों की धरती पर अधिकता से उगे थे। उसकी जंगली झाड़ियों ने आसपास की भूमि को ढँक रखा था। लाल-भूरे रंग के पुष्प नुकीली पत्तियों के गुच्छों से ऊपर सिर उठाए हुए थे। उनकी बनावट कुछ-कुछ घृतक्वाँर के फूलों के समान थी। फोरमियम से लदे इन मैदानों में ढेरों सुंदर चिड़ियाँ एक फूल से दूसरे फूल पर उड़-उड़कर मधुपान कर रही थीं।

झील में बत्तकों का झुंड तैर रहा था। इनके पंख काले थे और उन पर रुपहली तथा हरी धारियाँ पड़ी थीं। एक चौथाई मील आगे बढ़ने पर उन्हें एक पर्वत का बड़ा ढालू भाग दिखायी दिया। इस जगह पर काफी ऊँचाई पर बड़े सुरक्षित स्थान पर एक "पाह" दीख रहा था। बंदी बड़ी सावधानी से एक-एक करके भूमि पर ले जाये गये। वे जिस रास्ते से होकर जा रहे थे वह फोरमियम तथा घने वृक्षों से घिरा था।

काफी लंबा रास्ता तय करने के बाद वे पाह के अंदर लाये गये। किले के चारों ओर पहले लोहे की छड़ों का एक घेरा था। उसके बाद ऊँचे-ऊँचे टाल लगे थे। आखिर में एक घूमी हुई मजबूत दीवार थी। इस दीवार में अनेक छोटे-छोटे झरोखे बने थे। यह बंदूक से निशाना लगाने के लिये थे। बीचों-बीच में चौरस भूमि थी। यहाँ पर लगभग चालीस झोपड़ियाँ बड़े तरीके में बनी हुई थीं।

दूसरे नजारे को देखकर वे भयानक रूप से चौंक गये। उन्होंने देखा कि खूँटों पर मनुष्यों की खोपड़ियाँ लटकी थीं।

श्रीमती ग्लीनारवान तथा मेरी ग्रांट ने डर और घृणा से अपना चेहरा दूसरी ओर घुमा लिया। यह सिर युद्ध में हारे हुए मनुष्यों के थे। इनके शरीर विजेताओं के द्वारा खा लिये गये थे। पैगानेल ने इतना सब केवल उनके नेत्र-विहीन गढ़ों को देखकर ही समझ लिया।

इनकी आँखें खा ली गयी थीं। सिर को विविध प्रकार से तैयार किया गया था। दिमाग निकाल लिया गया था। नाक उसी स्थान पर रहने दी गयी थी, नथुनों में फोरमियम भर दिया गया था। चेहरा-छिद्र सिल दिया गया था। इतना सब करने के बाद सिर को एक भट्ठी में तीस घंटों तक रखकर उसे धुआँ दिया गया था। इस प्रकार उसे लंबे समय के लिये सुरक्षित कर दिया गया था। सिरों पर एक भी सिकुड़न न थी तथा यह धरोहर की भाँति रखे हुए थे।

माओरिस कभी-कभी अपने मुखियों के सिर भी सुरक्षित करके रखते हैं। परंतु उनकी आँखें नहीं निकाली जाती हैं। वे लोग छोटी उम्र के सैनिकों को बड़े गर्व से दिखाते हैं तथा किसी धार्मिक उत्सव में यह सिर उन्हें श्रद्धा से भेंट कर दिये जाते हैं। परंतु काई कोमाऊ के अजायबघर में केवल दुश्मनों के ही सिर थे। उसने अनेक नेत्र-विहीन अंगरेजी सिर बड़े यत्न से लगा रखे थे।

काई कोमाऊ का झोंपड़ा पाह के आखिरी हिस्से में मौजूद था, उसके सामने काफी भूमि खाली पड़ी थी। बंदियों ने अनुमान लगाया कि यह युद्धभूमि होनी चाहिए। झोंपड़ी फूस की बनी थी, भूमि पर फोरमियम की चटाइयाँ बिछी थीं। झोपड़े की लंबाई बीस फुट, चौड़ाई पंद्रह फुट तथा ऊँचाई दस फुट थी। केवल एक ही रास्ता था। मोटे फूस का बना एक पर्दा दरवाजे का काम दे रहा था। कड़ियों से कुछ चित्र लटक रहे थे। कोई भी मेहमान इन सांकेतिक चित्रों से आकर्षित हुए बिना न रहता।

झोपड़े के अंदर की फर्श मिट्टी की थी और भूमि से लगभग आधा फुट ऊपर उठी हुई थी। बाँस के बने हुए पर्दे लगे थे, सूखे फर्न से बनाए हुए गद्दे बिछे थे। इन गद्दों पर "टाइफा" की पत्तियों से बुनकर बनायी गयी चटाइयाँ बिछी थीं। झोपड़े के बीचों-बीच भूमि में एक छेद था। यह सुराख से ढँका था। इसी की सीध में छत में भी एक छेद था। नीचे वाला छेद भट्ठी तथा ऊपरवाला चिमनी का काम दे रहा था। जब धुआँ बहुत घना हो जाता था तभी चिमनी से बाहर निकलता था वरना नहीं, इसलिए झोपड़े की दीवारों पर कालिख की वार्निश-सी चढ़ गयी थी।

झोपड़े के एक ओर स्टोर रूम बने थे जिनमें खाने-पीने का सामान, फोरमियम, शकरकंद तथा खानेवाले फर्न रखे थे। बहुत थोड़ी मात्रा में बकरी, सुअर आदि भी थे। यह केवल मुखिया के लिये थे। उनके कुत्ते रोज इन जानवरों का शिकार कर लाते थे।

ग्लीनारवान तथा उनके साथियों ने एक ही नजर में इतना सब देख लिया। अब वे एक खाली झोपड़े के पास थे। एक बुढ़िया खूब जोर-जोर से बैंड बजा रही थी। बूढ़ी स्त्रियों के एक झुंड ने उन्हें घेर लिया और घूसे तानकर तेज आवाज से चिल्लाने लगीं। उनके मोटे होंठों से निकले हुए कुछ अंगरेजी शब्दों ने उन्हें बता दिया कि जल्द ही बदला लिया जाएगा। इस भयानक नजारे में भी श्रीमती ग्लीनारवान बड़ी शांत दिखाई पड़ रही थी। लेकिन उनका दिल बहुत अशांत हो रहा था। तथापि पति के दुःख को अधिक न बढ़ाना चाहती थीं इसीलिये जबरन शांत रहने की कोशिश कर रही थीं। मेरी ग्रांट बेहोशी की दशा में थी। जॉन मैंगिल्स ने उसे सँभाल रखा था। वह उसकी रक्षा के लिये प्राणों की बाजी लगा देने को तत्पर था। शोर-गुल से उनके कानों के पर्दे फटे जा रहे थे। आखिर ग्लीनारवान इस घेरे से किसी प्रकार निकलकर सीधा काई कोमाऊ के पास गये तथा उस शोर मचाते हुए घेरे की ओर इशारा किया—"कृपा कर उन्हें कहीं और भेज दीजिए।"

माओरी मुखिया ने बिना कोई जवाब दिये बंदी की ओर देखा और एक इशारे से उन्हें शांत कर दिया। ग्लीनारवान ने धन्यवाद देकर सिर झुकाया और धीमी चाल से अपने मित्रों के पास वापस लौट आये।

इस समय, वृद्ध, अधेड़ तथा युवा कुल मिलाकर लगभग सौ व्यक्ति पाह

में जमा हो गये थे। वे सब काई कोमाऊ की आज्ञा इंतजार कर रहे थे। कुछ शांत परंतु दुःखी थे, कुछ उत्तेजित हो रहे थे और अपने उन संबंधियों के लिये रो रहे थे जो पिछली लड़ाई में मर गये थे। उनकी पुकार तेज होती जा रही थीं।

इन हठी मनुष्यों से बचाने के लिये काई कोमाऊ ने कैदियों को पाह में एक ओर बनी एक पवित्र झोपड़ी में भेज दिया। झोपड़ी चौरस भूमि पर बनी थी तथा एक बहुत ऊँची चट्टान पर थी। यह चट्टान ढालू होकर एक खाई में खत्म हो गयी थी। उस पवित्र झोपड़ी में वहाँ के पुजारी न्यूजीलैंड निवासियों को तीन व्यक्तियों से मिलकर बने हुए ईश्वर के बारे में बताया करते थे। उनके अनुसार पिता, पुत्र तथा एक चिड़िया या आत्मा यह तीन व्यक्ति हैं जिनसे मिलकर ईश्वर बना है। उस झोपड़ी में वह पवित्र भोजन रखा हुआ था जिसे माओई रांगुई अपने पुजारियों के हाथों से स्वीकार करता था।

कैदियों को कुछ देर के लिये छुटकारा मिल गया। वे फोरमियम की चटाइयों पर फैलकर लेट गये। श्रीमती ग्लीनारवान दुखी होकर अपने पति की भुजाओं में गिर पड़ीं। ग्लीनारवान उन्हें ढांढस बँधाते हुए बोले–"धीरज से काम लो, हेलेना, ईश्वर हमें इतना दुख न देगा।"

राबर्ट विल्सन के कंधों पर चढ़ गया और छत तथा दीवार के बीच बनी हुई एक दरार से बाहर देखने लगा। उस दरार से वह पूरा पाह तथा काई कोमाऊ का झोपड़ा भी देख सकता था।

"वे सब मुखिया को घेरकर खड़े हो गये हैं।" वह धीमी आवाज में बोला, "वे लोग खूब जोर-जोर से हाथ हिलाकर चिल्ला रहे हैं। काई कोमाऊ उनसे कुछ कहना चाहता है।" इतना कहने के बाद बालक कुछ देर के लिये रुक गया। कुछ मिनट चुप रहने के दुबारा उसने कहना शुरू किया–"काई कोमाऊ बोल रहा है। जंगली शांत होते जा रहे हैं। वे उसकी बात सुन रहे हैं।"

"हमें बचाने में मुखिया का अपना स्वार्थ है।" मेजर बोला, "वह हमारे बदले अपने देश के व्यक्तियों को वापस पाना चाहता है। लेकिन क्या वह जंगली उसकी बात सुनेंगे ?"

"हाँ ! वे ध्यान से उसकी बात सुन रहे हैं," राबर्ट ने उत्तर दिया, "वे सब तितर-बितर होने लगे हैं। कुछ लोग अपनी-अपनी झोपड़ियों में घुसने लगे हैं।"

"सच ?" मेजर चिल्लाया।

"हाँ," राबर्ट ने जवाब दिया, "काई कोमाऊ के पास अब केवल नौका के साथी ही बचे हैं। आह ! उनमें से एक इसी ओर आ रहा है।"

"नीचे उतर आओ, राबर्ट," ग्लीनारवान ने आदेश दिया। इसी समय श्रीमती ग्लीनारवान ने उठकर पति की बाँह पकड़ ली।

"एडवर्ड," वह बड़े दुखी स्वर में बोलीं, "मेरी ग्रांट और मुझे किसी भी तरह जंगलियों के हाथ में न पड़ना चाहिए !" कहते हुए उन्होंने ग्लीनारवान के हाथ में, एक भरा हुआ रिवॉल्वर रख दिया।

"यह क्या !" ग्लीनारवान चिल्लाये।

"हाँ ! जिससे माओरिस अपने कैदियों को न पा सकें। लेकिन यह पिस्तौल जंगलियों को मारने के लिये नहीं है, हमें मारने के लिये है !"

ग्लीनारवान ने रिवॉल्वर अपने कोट में छिपा लिया। दरवाजे को बंद करनेवाली चटाई ऊपर उठी और एक जंगली अंदर दाखिल हुआ।

उसने कैदियों को अपने पीछे आने का इशारा किया। ग्लीनारवान तथा उनके साथी एक-दूसरे से सट-सटकर उसके साथ चलने लगे। कुछ ही देर में वे काई कोमाऊ के सामने एकत्र हो गये। खास-खास आदमी मुखिया को घेरकर खड़े थे। इन लोगों में वह मुखिया भी था जो मार्ग में दूसरी नौका पर मिला था। वह चालीस वर्ष का, दीर्घकाय मनुष्य चेहरे से बड़ा कठोर तथा खतरनाक लगता था। उसका नाम था "काराटीटी" जिसका अर्थ होता है "क्रोधी"। काई कोमाऊ उसके साथ बड़े आदर का व्यवहार कर रहा था। उसके शरीर पर बने गुदने को देखकर अनुमान लगाया जा सकता था कि वह बहुत बड़े समूह का मुखिया था। लेकिन थोड़ा ध्यान से देखने पर ही पता चल सकता था कि दोनों में मुकाबले की भावना थी। मेजर ने देखा कि काई कोमाऊ, काराटीटी के रवैये से संतुष्ट नहीं दीख रहा था। वे दोनों ही समान क्षेत्र के मुखिया थे तथा समान शक्तिवाले थे। फिर भी काई कोमाऊ बराबर मुस्करा रहा था लेकिन उसके नेत्रों में दुश्मनी का भाव झलक रहा था।

काई कोमाऊ ने ग्लीनारवान से सवाल किया—"तुम अंगरेज हो ?"

"हाँ," ग्लीनारवान ने बिना हिचकिचाए जवाब दिया। क्योंकि इस समय अंगरेज होना उनके लिये बड़े महत्त्व की बात थी।

"और तुम्हारे साथी ?" मुखिया ने पूछा।

''मेरे साथी भी अंगरेज हैं। यह सब उसी टूटे हुए जहाज के साथी हैं और अगर आप कुछ भी जानने की इच्छा रखते हैं तो सुन लीजिए। हममें से किसी ने भी युद्ध में कोई भाग नहीं लिया।''

''उससे कोई अंतर नहीं पड़ता।'' काराटीटी कुटिल मुस्कान में बोला।

''सभी अंगरेज हमारे दुश्मन हैं। तुम्हारे ही देशवासियों ने हमारे देश पर युद्ध किया था। उन्होंने हम लोगों के द्वीप को खत्म कर डाला, हमारे गाँव जला दिये !''

''उन्होंने यह ठीक नहीं किया।'' ग्लीनारवान् ने जवाब दिया, ''मैं यह इसलिये कह रहा हूँ कि मैं ऐसा ही सोचता हूँ, इसलिये नहीं कह रहा कि मैं इस समय आपके अधीन हूँ।''

''सुनो,'' काई कोमाऊ बोला, ''नोउई अतोउआ (न्यूजीलैंड का एक देवता) का पुजारी तोहोंगा, तुम्हारे देशवासियों के हाथ में पड़ गया है; हमारा देवता दुबारा उसे वापस पाना चाहता है। मेरी इच्छा तो यही होती है कि तुम्हारे कलेजा फाड़ डालूँ और तुम्हारे सिर उसी के पास खूँटों में लटका दूँ। लेकिन नोउई अतोउआ ने मना किया है।''

काई कोमाऊ गुस्से से काँप रहा था। उसके चेहरे पर तनाव जम गया था।

तब, कुछ देर बाद, ठंडे स्वर में उसने दुबारा कहना शुरू किया—''तुम्हारा क्या विचार है ? वे लोग हमारे तोहोंगा को तुम्हारे बदले में वापस कर देंगे ?''

''मुझे नहीं मालूम!'' कुछ देर चुप रहकर उसने जवाब दिया।

''बोलो,'' काई कोमाऊ ने कहा, ''क्या तुम्हारा मूल्य हमारे तोहोंगा के बराबर होगा ?''

''नहीं,'' ग्लीनारवान ने कहा। ''मैं न तो कोई मुखिया हूँ और न पुजारी ही !''

''तुम्हे विश्वास नहीं ?'' काई कोमाऊ ने हैरानी से पूछा।

''मुझे नहीं मालूम!'' ग्लीनारवान ने कहा।

''तुम्हारे ही देश के लोग तुम्हें तोहोंगा से बदलना पसंद न करेंगे ?''

''वे हम सब को वापस लेना चाहेंगे, केवल मुझे ही लेना स्वीकार न करेंगे,'' ग्लीनारवान ने कहा।

''माओरिस तो खून का बदला खून से ही लेते हैं।'' काई कोमाऊ कठोर

आवाज में बोला।

"पुजारी के बदले में सर्वप्रथम इन स्त्रियों को वापस करने की कृपा करिएगा," ग्लीनारवान ने मेरी ग्रांट तथा अपनी पत्नी की ओर संकेत करते हुए कहा। "इन दोनों स्त्रियों का समाज में काफी ऊँचा स्थान है।" ग्लीनारवान उनकी ओर झुकते हुए बोले।

मुखिया ने एक ठंडी दृष्टि कैदी की ओर डाली। एक कुटिल मुस्कान उसके चेहरे पर दौड़ गयी। लेकिन गुस्सा दबाते हुए शीघ्र ही उसने जवाब उत्तर दिया—"क्या तुम समझते हो कि इन झूठी बातों से काई कोमाऊ बेवकूफ बन जाएगा ? क्या तुम समझते हो कि काई कोमाऊ की तेज नजर से अपने दिल की बात छिपायी जा सकती है ?"

और फिर श्रीमती ग्लीनारवान की ओर इशारा कर पूछा—"वह तुम्हारी पत्नी है ?"

"नहीं ! मेरी !" काराटीटी कुटिल आवाज में बोला और अपना हाथ श्रीमती ग्लीनारवान के कंधे पर रख दिया। उनका चेहरा डर से पीला पड़ गया।

बिना एक शब्द भी बोले ग्लीनारवान ने अपनी भुजा ऊपर उठायी। फायर की आवाज गूँज उठी, काराटीटी का शरीर बेजान होकर धरती पर गिर पड़ा। फायर की आवाज सुनकर बहुत से जंगली अपनी झोपड़ियों से बाहर निकल पड़े। देखते ही देखते पूरा पाह मनुष्यों से भर गया। अभागे कैदियों के विरुद्ध सैकड़ों भुजाएँ तन गयीं। ग्लीनारवान का रिवॉल्वर छीन लिया गया। कैदियों को घेरे हुए झुंड को देखकर काई कोमाऊ ने ग्लीनारवान पर खतरनाक नजर डाली और चिल्लाया, "ताबू ! ताबू !"

इस शब्द के सुनते ही कैदियों को मार डालने पर तुले हुए जंगली एकदम रुक गये। क्षण भर के लिये मानो किसी दैवी-शक्ति ने उनकी रक्षा की।

उन्हें वारे-अतोउआ में लाया गया जिसे जेल की तरह काम में लाया जाता था। लेकिन राबर्ट ग्रांट और पैगानेल उस समय उनके साथ न थे।

परिच्छेद 11

न्यूजीलैंड की प्रथा के अनुसार काई कोमाऊ ने ताबू के मुखिया का नाम अरिकी रखा था। ताबू में कई तरह के लोग रखे जाते थे। जैसे यदि कोई व्यक्ति अपने शरीर पर गुदना गुदा लेता था, अपने बाल काट डालता था या स्वयं अपने लिये घर या नौका बना लेने का दुस्साहस करता था, उसे ताबू में बंद कर दिया जाता था। यदि कोई बहुत बीमार होता था तो भी उसे यहीं लाया जाता था। किसी व्यक्ति को गुप्त रखना हो तो उसे यहीं रख दिया जाता था। इसी प्रकार जिन अंगरेजों से वे नाराज हो जाते थे। उन्हें भी यहीं आना पड़ता था।

जो व्यक्ति ताबू में बंद कर दिया जाता था उसे फिर कोई आजादी से छू न सकता था। वह केवल कुछ विशेष वस्तुएँ ही खा सकता था। ताबू का कैदी अपने हाथों से भोजन का स्पर्श नहीं कर सकता था। कुछ नौकर उसके मुँह में भोजन डाल देते थे। यदि कैदी निम्न वर्ग का होता था तो उसे यह आज्ञा होती थी कि वह अपने चेहरे से भोजन उठा सकता है। इस प्रकार बेचारे को एक जानवर के समान जीवन बिताने पर मजबूर कर दिया जाता था।

ग्लीनारवान समझ गये थे कि मौत उनकी प्रतीक्षा कर रही है; लेकिन वे सोच रहे थे कि काई कोमाऊ केवल उन्हीं की मृत्यु से संतुष्ट हो जाएगा। इस समय वे लोग कितने दुखी और परेशान थे इसका अनुमान भी करना कठिन है। बेचारे राबर्ट और पैगानेल दुबारा न दिखायी दिये। जाने उन पर क्या बीत रही हो। सारी उम्मीद मिट्टी में मिल गयी थी। उनके पास बाहर निकलने का कोई रास्ता न था। दरवाजे पर सशस्त्र सैनिक उन पर दाँत गड़ाए बैठे थे।

तेरह फरवरी की सुबह भी आ गयी। उन्हें कुछ भोजन दिया गया लेकिन

उन्होंने उसको छुआ भी नहीं। वे सोच रहे थे मृत्यु में अब तनिक भी देर नहीं है, बस काराटीटी के दाह संस्कार बाद ही उन्हें मार डाला जाएगा।

ग्लीनारवान को पूरा विश्वास हो गया था कि काई कोमाऊ ने अब उन्हें बदलने का विचार त्याग दिया है लेकिन मेजर को अब भी कुछ उम्मीद थी।

दूसरा दिन ऐसे ही बीत गया। कोई काम नहीं हुआ। वहाँ के निवासियों का विश्वास था कि शरीर में तीन दिनों तक आत्मा का वास रहता है। निवासियों ने इस प्रथा को बड़ी श्रद्धा से पालन किया और पाह पंद्रह फरवरी तक बिल्कुल सुनसान रहा। जॉन मैंगिल्स ने विल्सन के कंधों पर चढ़कर झाँका तो पूरे पाह में एक भी मनुष्य न दिखायी पड़ा, केवल वारे-अतोउआ के दरवाजे पर कुछ संतरी पहरा दे रहे थे।

लेकिन तीसरे दिन झोपड़ों के दरवाजे खुल गये और सैकड़ों स्त्री, पुरुष तथा बच्चे चुपचाप शांत चेहरे से बाहर निकल-निकलकर पाह में एकत्र होने लगे। काई कोमाऊ खास-खास व्यक्तियों से घिरा हुआ था तथा दूसरे लोग उससे कुछ गजों की दूरी पर घेरा बनाकर खड़े थे।

''मुझे याद रखना !'' श्रीमती ग्लीनारवान दुखी आवाज में बोली।

ग्लीनारवान ने अपनी पत्नी को छाती से लगा लिया। इस समय मेरी ग्रांट का शरीर जॉन मैंग्लिस की बाहों में था। वह कह रही थी—''एक पत्नी इस घिनौनी मौत से अपने पति के हाथों मर जाना अधिक पसंद करेगी। मैं सोचती हूँ कि अपने प्रेमी के हाथों मृत्यु को प्राप्त होना प्रेमिका का सौभाग्य होगा। जॉन, इन दुःख के क्षणों में छिपाना बेकार है कि हम एक-दूसरे को प्यार करते हैं। मेरे फिर में तुम्हारे लिये वही स्थान है जो श्रीमती ग्लीनारवान के दिल में अपने पति के लिये है।

''मेरी !'' युवा कप्तान भरे स्वर में बोला; लेकिन इससे पहले कि वह आगे कुछ कहता, दरवाजे की चटाई ऊपर उठ गयी। अंदर आनेवाले व्यक्ति कैदियों को काई कोमाऊ के पास ले गये। दोनों स्त्रियाँ भाग्य के भरोसे पर छोड़ दी गयीं। पुरुष बड़ी कठिनता से अपना गुस्सा दबाकर चेहरे पर शांति लाने की कोशिश कर रहे थे।

''तुमने काराटीटी को मारा ?'' काई कोमाऊ ने ग्लीनारवान से पूछा।

''हाँ!'' उन्होंने जवाब दिया।

"कल, सुबह सूर्य निकलते ही, तुम्हें मर जाना होगा।"

"अकेले ?" ग्लीनारवान ने पूछा।

काई कोमाऊ की भयानक आँखों से चिनगारियाँ बरस रही थीं।

ठीक इसी समय भीड़ को हटाता हुआ एक जंगली अंदर घुसा। उसके शरीर पर ढेरों गर्द चढ़ी थी। वह थकान से लड़खड़ा रहा था। लगता था कि अब बेहोश होकर भूमि पर गिरने वाला है। काई कोमाऊ उसकी ओर देखकर अंगरेजी में बोला—"तुम पाकेहा के कैम्प से आये हो ?"

"हाँ," माओरी ने जवाब दिया।

"तुमने अपने तोहोंगा को देखा ?"

"हाँ।"

"वह जीवित है ?" उसने पूछा।

"वह मर चुका है। अंगरेजों ने उसे गोली से मार दिया।" सब खत्म हो चुका था।

"तुम सबको मरना होगा, कल सूर्य निकलते ही।" काई कोमाऊ बोला।

उन्हें वापस नहीं ले जाया गया। मुखिया के दाह-संस्कार तक उन्हें वहीं रुकना था। कुछ आदमियों ने उन्हें ले जाकर एक बड़े वृक्ष के नीचे डाल दिया। कुछ व्यक्ति बड़ी सावधानी से पहरा देने लगे।

कार्यक्रम शुरू हो गया। शव एक मिट्टी के चबूतरे पर रख दिया गया। उसे एक कीमती पोशाक पहनाकर फोरमियम की बहुत सुंदर चटाई में लपेट दिया गया। मस्तक पर सुंदर पंख तथा पत्तियाँ लगा दी गयीं। चेहरे, बाहों तथा सीने पर सड़ने से बचाने के लिये एक तेल मल दिया गया।

उसके संबंधी तथा दोस्त चबूतरे के पास एकत्र हो गये और एकदम जैसे कोई ऑरकेस्ट्रा बज उठा हो, सभी एक आवाज में रोने लगे। उनकी आंखों से आँसू गिरने लगे। उसके सगे-संबंधी सिर पटक रहे थे। स्त्रियाँ नाखूनों से अपने चेहरे नोच रही थीं।

आँसुओं से अधिक तो खून की धारें बह रही थीं।

वहाँ की प्रथा के अनुसार काराटीटी की स्त्री पति को कब्र में अकेला नहीं छोड़ सकती थी। उसे भी उसके पास ही जाना था। वह सामने उपस्थित हुई। वह अब भी युवती थी, उसके केश अस्त-व्यस्त से कंधों पर बिखरे हुए थे। उसका

रुदन धरती आकाश को एक कर रहा था। वह रोती हुई भूमि पर गिर पड़ी और अपना सिर भूमि पर पटकने लगी।

उसी समय काई कोमाऊ ने सहारा देकर उसे खड़ा कर दिया और तभी उसके हाथ की गदा एक बार ऊपर उठकर नीचे गिरी। स्त्री का शरीर बेजान होकर भूमि पर गिर पड़ा।

काराटीटी की पत्नी मर चुकी थी। दोनों के शव पास-पास लिटा दिये गये। लेकिन केवल उसी की मृत्यु काफी न थी। बिना कुछ दासों को भी साथ भेजे वे उस दुनिया में अकेले कैसे जा सकते थे।

छः व्यक्ति सामने लाये गये। उन्होंने जीवन में बड़े दुख भोगे थे। इनके साथ जानवरों से भी बुरा सलूक किया गया। मौत की बात सुनकर इन पर कोई विशेष असर न पड़ा। गदा की छः चोटों की ध्वनि सुनायी दी। छः शरीर ढेर हो गये। खून की नदी में छः मानव-शरीर फैले पड़े थे। यह था उनकी प्रथा का एक भयानक नजारा!

मुखिया के समान दासों के शरीर ताबू में न रखे गये। बलिदान खत्म हो जाने पर बूढ़े, युवा, बच्चे तथा स्त्रियाँ सभी लाशों पर टूट पड़े। थोड़े ही समय में लाशों के छोटे-छोटे टुकड़े कर दिये गये। वे आपस में एक-एक टुकड़े के लिये झगड़ रहे थे। खून की गर्म बूँदों ने उन्हें पागल बना दिया था। उनकी दशा भूखे भेड़िये से अलग न थी। पाह में बीस स्थानों पर अग्नि जला दी गयी। वायुमंडल में जले हुए मांस की दुर्गंध भर गयी। वे मुख में मनुष्य का मांस भरे पूरी शक्ति से चिल्ला रहे थे। मनुष्य-भक्षियों के दाँतों से हड्डियों के चिटकने की ध्वनि कैदियों ने अवश्य सुनी होगी।

ग्लीनारवान तथा उनके साथी डर और दुःख से काँप रहे थे। वे दोनों स्त्रियों के आंखों से इस भयानक मंजर छिपाने की कोशिश कर रहे थे। वे जानते थे कि मृत्यु दूसरे दिन के सूर्य निकलने की प्रतीक्षा कर रही है। शोर से उनके कानों के पर्दे फटे जा रहे थे।

बलिदान के नृत्य शुरू हो गये। "पाउपर एक्सेल्सम" नामक वृक्ष से निकाली गयी शराब पी जाने लगी। शराब पीने से तो उनकी दशा और भी डरावनी हो उठी। इस समय उन्हें 'मनुष्य' किसी प्रकार भी नहीं कहा जा सकता था।

संभवतः मुखिया को ताबू करने के बाद वे सब बेचारे कैदियों पर टूट पड़नेवाले थे।

काराटीटी तथा उसकी पत्नी का मृत शरीर ऊपर उठा दिया गया। उनके हाथ छाती पर रख दिये गये। अब उनके शरीर को उस समय तक के लिये दफना दिया जानेवाला था जब तक कि उनके शरीर में केवल हड्डियाँ ही शेष न बच रहतीं।

दफनाने का स्थान यहाँ से दो मील दूर झील के दाहिने किनारे पर स्थित मानगानामू पर्वत के पास चुना गया। चबूतरे के पास दो पालकियाँ लाकर रख दी गयीं। शव उसमें सहारा लगाकर बैठा दिये गये। चार-चार व्यक्तियों ने उसे कंधों पर उठा लिया और पर्वत की ओर चल पड़े। उनके पीछे-पीछे पूरा जनसमूह चल पड़ा।

कैदियों को दुबारा जेल में बंद कर दिया गया। लगभग आधे घंटे में वे लोग आँखों के सामने से ओझल हो चुके थे। कुछ समय बाद वे दुबारा दिखाई पड़ने लगे। अब वे पर्वत पर चढ़ रहे थे।

जुलूस-पर्वत की 800 फुट ऊँची चोटी पर पहुँचकर रुक गया। यहीं पर काराटीटी की समाधि बनाई जानेवाली थी। कब्र में खाने-पीने का सामान, अस्त्र-शस्त्र तथा अनेक सुविधाजनक वस्तुएँ रखकर पति-पत्नी को लिटा दिया गया।

आश्यकता की सभी वस्तुएँ साथ रख दी गयी थीं, जिससे कोई कष्ट न हो। सब रखने के पश्चात् छोटे-छोटे पौधों तथा मिट्टी से कब्र बंद कर दी गयी।

वे सब चुपचाप पर्वत से उतरने लगे।

परिच्छेद 12

शाम होने वाली थी। मरने बाद में अभी रात भर का समय बाकी था। सिर पर मौत की छाया घिरती जा रही थी। कैदी अब आखिरी बार भोजन कर रहे थे।

"मौत का सामना करने के लिये हमें बहुत साहस से काम लेना होगा। हम उन जंगलियों को दिखा देंगे कि अंगरेज यह जानते हैं कि कैसे मरना चाहिए।" ग्लीनारवान बोले।

भोजन खत्म होने पर श्रीमती ग्लीनारवान ने प्रार्थना शुरू कर दी। सभी ने साथ दिया। प्रार्थना करने के बाद चिंता और थकावट से चूर दोनों स्त्रियाँ झोपड़े के एक कोने में लेट गयीं और जल्दी ही सो गयीं।

तब ग्लीनारवान साथियों को एक ओर ले गये और बोले–"मित्रों, इस समय हमारा और इन अभागी स्त्रियों का जीवन भगवान् के हाथों में है। अगर वह चाहता है कि कल हम मर जायें तो हमें साहस से काम लेना है। हमें यह दिखा देना है कि ईसाई किस प्रकार मरते हैं; परंतु यहाँ सवाल केवल मौत का ही नहीं है, उनका सलकू, कुटिलता और यह दो स्त्रियाँ..."

उनसे बोला नहीं गया। कुछ देर चुप रहकर वे फिर बोले–"जॉन, तुमने मेरी से वायदा किया है और मैंने अपनी पत्नी से। क्या तुम उसे पूराकरोगे ?"

"हाँ!" जॉन धीरे से बोला।

"परंतु हमारे पास कोई हथियार नहीं है।"

"है, जिस समय काराटीटी मरकर अपने पैरों के पास गिर पड़ा था, उस समय मैंने उसके हाथों से छीन लिया था।"

"अगर हम अकेले होते तो बीसों बार चिल्लाकर कहते, आ जाओ मैदान

में। तुम लोगों से युद्ध करने को हम तैयार हैं, लेकिन ये स्त्रियाँ—स्त्रियाँ!"

जॉन ने चटाई उठाकर देखा, वारे अतोउआ के द्वार पर बीस व्यक्ति पहरा दे रहे थे। कुछ जमीन पर लेटे थे; कुछ खड़े थे लेकिन सभी सजग दीख रहे थे। एक बहुत बड़े घेरे में आग जल रही थी। वृक्षों की काली छाया भूमि पर फैली थी।

रात सरकती जा रही थी। सभी वस्तुएँ गहन अंधकार से ढँकी थीं। अग्नि का प्रकाश झोंपड़ी पर पड़ रहा था। धीमी रोशनी में कैदी अपने विचारों में खोये पड़े थे। मृत्यु की शांति चारों ओर फैली थी।

लगभग चार बजे के समय मेजर का ध्यान झोपड़े के पीछे से आती हुई एक आवाज की ओर गया। आवाज बहुत धीमी थी। ऐसा लग रहा था मानो पीछे कोई दीवार खोद रहा हो। जब मेजर को भरोसा हो गया तब उसने विचारों में खोये जॉन तथा ग्लीनारवान को हिलाया और पिछली दीवार के समीप ले गया।

"सुनो," वह चुप रहने का इशारा करता हुआ धीमी आवाज में बोला।

खोदने की आवाज धीरे-धीरे साफ होती जाती थी। वे आसानी से किसी तेज औजार से खोदने की आवाज सुन सकते थे।

"कोई जानवर होगा अपने बिल में।" जॉन मैंगिल्स बोला।

"क्या मालूम," वह बोला, "हो सकता है कोई आदमी हो।"

"आदमी हो या जानवर," मेजर ने जवाब दिया "मैंने सोच लिया है कि हमें करना क्या चाहिए।"

उन्होंने अपना कार्य शुरू कर दिया। जॉन अपने हथियार से झोपड़ी की दीवार उसी स्थान से खोदने लगा। उन लोगों ने वहीं से पत्थर निकाल लिये। कोई पत्थर से खोदने लगा, कोई नाखूनों से। मलरेडी भूमि पर लेट गया और चटाई में बने एक छिद्र से देखने लगा कि किसी जंगली को कुछ पता तो नहीं चल गया।

जंगली बेखबर थे। उन्हें झोपड़े के अंदर होनेवाले काम की कोई उम्मीद न थी। इस समय भी वे आराम से पड़े थे। मिट्टी नरम थी। छेद तेजी से बढ़ रहा था। वे क्यों छेद कर रहे थे, यह बिल्कुल भी न जानते थे। क्या निकलने के लिये ?

बंदी दुगनी रफ्तार से जुट गये। उनकी उँगलियों में घाव हो गये। खून की

धारें बह चलीं। लगभग एक घंटे में गड्ढा एक गज गहरा हो गया था। जल्द ही उसका संबंध बाहर से होने वाला था।

कुछ समय बीत गया। अचानक मेजर ने झटके से अपना हाथ खींच लिया। उसके हाथ में किसी तेज चाकू से घाव हो गया था। बड़ी मुश्किल से उसने अपनी चीख दबायी। जॉन मैंगिल्स ने अपने हथियार से उस चाकू को एक ओर हटा दिया लेकिन उसने पकड़नेवाले हाथ को पकड़ लिया।

यह किसी स्त्री या बालक का हाथ था, साथ ही किसी यूरोपियन का भी कोई एक शब्द भी न बोला। यह ध्यान देने योग्य बात थी कि दोनों ओर के व्यक्ति चुप रहने की कोशिश कर रहे थे।

"यह राबर्ट तो नहीं ?" ग्लीनारवान फुसफुसाये।

लेकिन भाई का नाम सुनकर ही मेरी उठकर बैठ गयी और देखने लगी कि क्या हो रहा है। उसने जल्दी से छेद में हाथ डालकर उस धूल भरे हाथ को पकड़कर चूम लिया।

"तुम हो," बहन ने भाई का हाथ अच्छी तरह पहचान लिया, "तुम हो राबर्ट !" वह फुसफुसाई।

"हाँ, बहन," राबर्ट ने जवाब दिया, "मैं हूँ, तुम सबको छुड़ाने आया हूँ। लेकिन चुप रहो !"

मलरेडी बालक को देखकर पास आ गया था, अब दुबारा अपनी जगह पर जाकर लेट गया और बाहर देखने लगा।

"सब ठीक ही होता जा रहा है," वह बोला, "केवल चार पहरेदार जग रहे हैं, बाकी सब सो गये हैं।"

"साहस से काम लो !" विल्सन बोला।

छेद अब काफी बड़ा हो गया था। बालक उस समय अंदर आ गया और अपनी बहन की गोद में था। उसके शरीर पर फोरमियम का लंबा रस्सा लिपटा था।

"आह, बच्चे, तुम जंगलियों के फंदे से कैसे निकले ?" श्रीमती ग्लीनारवान ने पूछा।

"जिस समय वे चिल्ला रहे थे, मैं निकल भागा," राबर्ट ने जवाब दिया, "दो दिनों तक मैं झाड़ियों में छिपा रहा। रात के समय आप लोगों को खोजता

था। जिस समय मुखिया का दाह संस्कार हो रहा था, मैंने आप लोगों के रहने के स्थान का पता लगा लिया। उसके बाद एक खाली झोपड़े से चाकू तथा यह रस्सा चुराया। घास, झाड़ियों और डालों को पकड़-पकड़कर मैं यहाँ तक चढ़ आया। (वह झोपड़ा एक ऊँची चट्टान पर बना था।) भाग्य से इस झोपड़े के नीचे एक गुफा है, इसलिये मुझे कुछ फुट ही भूमि खोदनी पड़ी और यहाँ पहुँच गया ! अब हमें चल देना चाहिए।" वह अटल आवाज में बोला।

"पैगानेल क्या नीचे खड़ा है ?" ग्लीनारवान ने पूछा।

"न, वे वहाँ कैसे हो सकते हैं ?" बालक ने जवाब दिया।

"क्या, वह तुम्हारे साथ बाहर नहीं निकला ?"

"नहीं!" राबर्ट ने कहा।

"अब हमें बहुत जल्दी यहाँ से भागना चाहिए। पैगानेल जहाँ कहीं भी होगा। हमसे अधिक बुरी दशा में न होगा।" मेजर बोला।

बड़ी सावधानी से एक-एक कैदी बारी-बारी से नीचे उतरकर गुफा में खड़ा होता गया। जॉन मैंगिल्स ने बाहर निकलने से पहले छेद के पास की मिट्टी इत्यादि साफ कर दी, फिर दीवार पर लटकी चटाई अच्छी तरह ढँककर बाहर निकल गया।

अब उन्हें नीचे उतरना था। यदि राबर्ट अपने साथ रस्सा न लाया होता तो इस काम में बहुत दिक्कत आतीं। रस्सा खोलकर एक सिरे से एक नुकीली चट्टान में फँसा दिया गया।

"यह रस्सा, दो मनुष्यों से अधिक का बोझ न सह सकेगा; इसलिये पहले श्री और श्रीमती ग्लीनारवान उतरें और नीचे पहुँच कर जब ये लोग तीन बार रस्सा ऊपर ढकेलेंगे तब दुबारा दो व्यक्ति उतरना शुरू करेंगे।" जॉन ने कहा।

"मुझे पहले जाना चाहिए," राबर्ट ने कहा, "क्योंकि मैंने नीचे एक गड्ढा खोज लिया है। नीचे उतरकर हम उसी गड्ढे में छिपते जाएँगे और बाकी लोगों का इंतजार करेंगे।"

"तब तो तुम्हीं को जाना चाहिए," ग्लीनारवान बोले।

राबर्ट गायब हो गया। एक मिनट बाद ही रस्से के तीन बार ऊपर उठने ने भरोसा दिला दिया कि वह कुशलता से नीचे उतर गया है।

ग्लीनारवान तथा उनकी पत्नी भी गुफा से निकली। अब भी काफी अँधेरा

था। लेकिन पूर्व की ओर आकाश में सफेदी फैलने लगी थी। आगे वे तथा पीछे पत्नी, रस्से तथा घास झाड़ी आदि की मदद से, नीचे उतरने लगी। अचानक आवाज से कुछ पक्षी जाग गये और शोर मचाने लगे। वे डर से काँपने लगे। एक छोटा-सा पत्थर खिसककर नीचे जा गिरा। वे आधी दूर ही पहुँचे होंगे कि उन्हें सुनाई दिया—"रुक जाओ !" जॉन फुसफुसा रहा था।

ग्लीनारवान साँस रोककर एक हाथ से घास तथा दूसरे हाथ से पत्नी को पकड़कर रुक गये।

विल्सन ने देखा कि आवाज सुनकर एक माओरिस चौंक गया, उठकर वारे-अतोउआ के दरवाजे तक आया। एक मिनट गर्दन टेढ़ी कर ध्यान से सुनने पर उसे भरोसा हो गया कि वह भ्रम में था। यह एक मिनट ही कैदियों के लिये एक घंटे के समान था। फिर सिर हिलाता हुआ अपने साथियों के पास पहुँच गया। कुछ सूखी लकड़ियाँ उठाकर आग में डालीं और दुबारा आराम से बैठ गया।

"सब ठीक है!" विल्सन बोला।

जॉन ने ग्लीनारवान को दुबारा उतरने का इशारा कर दिया।

ग्लीनारवान और भी सावधानी से नीचे उतरने लगे। जल्दी ही वे उस संकरी जगह पर पहुँच गये जहाँ राबर्ट उनका इंतजार कर रहा था।

उसके बाद जॉन मैंगिल्स तथा मेरी ग्रांट उतरे। वे भी उसी स्थान पर छिप गये।

पाँच मिनट में ही सभी कैदी झोपड़े से निकल चुके थे। अब उन्हें बिना एक मिनट भी नष्ट किये वहाँ से भाग जाना था। वे झील की ओर न जाकर उसी संकरे रास्ते से पर्वत पर चढ़ते चले गये।

वे बड़ी सावधानी से अपने को छिपाते हुए तेजी से भाग रहे थे। वे कहाँ जा रहे थे, यह उन्हें मालूम न था। परंतु वे आजाद थे। लगभग पाँच बजे थे, सुबह का प्रकाश फैलने लगा था। सूर्य की किरणें घने बादलों को चीज पृथ्वी का स्पर्श करने लगी थीं। सूर्य जल्दी ही उन्हें दिखाई देनेवाला था। लेकिन यह सूर्य उनके लिये मौत का संदेशा लेकर न आया था, बल्कि केवल यह संदेश देने आया था कि कैदी भाग गये।

उनकी रफ्तार कम थी, क्योंकि बड़ा कठिन और सकरा था। राबर्ट अपनी

जीत से बहुत खुश था। वह आगे-आगे भाग रहा था और पीछे-पीछे भाग रहे थे दूसरे आदमी।

आधे घंटे में ही सूर्य सुबह के धुँधलके को चीर कर निकल आनेवाला था। इस आधे घंटे में उन्हें बहुत आगे निकल जाना था। वे जी-जान से भागने लगे। पैगानेल के न होने से उन्हें ज्यादा खुशी महसूस न हो रही थी। यदि इस समय पैगानेल होता तो उन्हें मार्ग खोजने में तनिक भी कठिनाई न होती। जहाँ तक बन पड़ा, वे पूर्व की ओर भागते गये। इस समय तो बस उन्हें चाहिए था छिपने के लिये कोई सुरक्षित जगह। चारों ओर छोटी-बड़ी पर्वत-श्रेणियाँ दीख रही थीं।

अंत में सूर्य निकल आया। तभी उन्हें सैकड़ों गलों से चिल्लाने की आवाजें सुनाई पड़ने लगीं। आवाजें निश्चय ही पाह से आ रही थीं, जिसकी स्थिति ग्लीनारवान इस समय भूल गये थे। नीचे की घाटी तथा उनके बीच धुँधलके का मोटा पर्दा होने के कारण वे नीचे कुछ भी देख पाने में वे बेबस थे।

लेकिन इसमें शक नहीं कि उन्हें कैदियों के भागने के बारे में पता चल गया था। क्या वे माओरिस के पंजे से बाहर निकल भी सकेंगे ? क्या उन लोगों ने इन्हें देख लिया ? क्या वे मार्ग में अपना कोई निशान तो नहीं छोड़ आये, जिससे विरोधियों को पता चल गया हो कि ये लोग यहाँ हैं ? धीरे-धीरे धुँधलका समाप्त होता गया और उन्होंने देखा, तीन सौ फुट नीचे सैकड़ों जंगली खड़े हैं।

इन लोगों ने तो उन्हें देख लिया लेकिन जंगली शायद इन्हें न देख पाये थे। शोरगुल पास आता जा रहा था। कैदियों ने देखा कि वे छोटा मार्ग छोड़कर बड़े रास्ते से आये हैं, वरना अब तक बहुत दूर पहुँच गये होते।

परिच्छेद 13

पर्वत की चोटी अब भी सौ फुट की ऊँचाई पर थी। माओरिस की नजर से बचने के लिये उन्हें पर्वत के दूसरी ओर उतर जाना था। वे और भी जल्दी से भागने लगे। लेकिन आवाजें पास ही आती जा रही थीं। जंगली पर्वत के पैरों के समीप पहुँच चुके थे।

"साहस ! साहस ! मेरे मित्रो!" ग्लीनारवान उनका हौंसला बढ़ाने लगा। कुछ ही मिनटों में वे पर्वत की चोटी पर पहुँच गये। वहाँ पहुँचकर वे चारों ओर घूमकर यह अंदाज लगाने लगे कि वे आखिर हैं किस स्थान पर।

पश्चिम में पर्वतों से घिरी ताउपो झील दिखाई पड़ रही थी। उत्तर की ओर पिरौन्जिया की चाटियाँ फैली थीं। दक्षिण में तांगारिरो ज्वालामुखी था लेकिन पूर्व की ओर असंख्य ऊँची-नीची पर्वत-चोटियाँ थीं। इसलिए उन्हें विपरीत दिशा में उतरकर उस दर्रे में होकर जाना चाहिए था। लेकिन वह दर्रा आगे जाकर बंद तो न हो जाएगा, यह किसी को न मालूम था। ग्लीनारवान ने हैरानी से चारों ओर देखा, सूर्य की गर्मी से कोहरा हट गया था। वे इस समय माओरिस की हर हरकत देख सकते थे। माओरिस 500 फुट से नीचे न थे। वे लोग फिर भी बहुत थक गये थे, लेकिन रुकना मौत को जलावा देना था, इसलिए उनका दौड़ना जरूरी था।

"हमें जल्दी करनी चाहिए।" ग्लीनारवान चिल्लाए।

लेकिन मैकनेब्स उन्हें रोकते हुए बोला—"बेकार है, ग्लीनारवान, देखो।"

माओरिस की चाल में फर्क आ गया था। उन्होंने देखा देखी करना बंद कर दिया था। ऐसा लग रहा था, मानो किसी की आज्ञा से ऐसा हुआ हो। जंगलियों

का बैंड उसी प्रकार थम गया था जैसे सागर की लहरें किसी अजेय शिला के पास आकर थम जाती हैं।

खून के प्यासे जंगली अपनी कुल्हाड़ियाँ व बंदूकें हिला-हिलाकर शोर मचा रहे थे, लेकिन उसी स्थान पर रुके थे। उनके कुत्ते भी वहीं खड़े होकर पूरी शक्ति से भौंक रहे थे।

आखिर किस अनगनी ताकत ने उन्हें आगे बढ़ने से रोक दिया ? उनकी समझ में कुछ न आ रहा था।

"काराटीटी की समाधि !" राबर्ट चिल्लाया।

"क्या सच, राबर्ट ?" ग्लीनारवान ने पूछा।

"हूँ, समाधि ही है, मुझे भरोसा है।"

राबर्ट ठीक कह रहा था। वह वास्तव में मुखिया की समाधि थी। वे मानगानामू पर्वत की चोटी पर पहुँच गये थे।

आगे-आगे श्री ग्लीनारवान चल रहे थे, पीछे-पीछे उनके साथी। वे सब समाधि की ओर बढ़ रहे थे। एक बड़े छेद के ऊपर चटाई लटकी थी। ग्लीनारवान अंदर घुसने ही वाले थे कि अचानक पीछे हट गये।

"जंगली !" वे चिल्लाये।

"समाधि में एक जंगली ?" मेजर ने कहा, "कोई बात नहीं अंदर चलो।"

अंदर घुसने पर उन्होंने फोरमियम का लबादा पहने एक माओरी को देखा। वह बड़ा शांत लग रहा था। इस समय सुबह का नाश्ता कर रहा था। अंधेरा में साफल न दिखता था।

ग्लीनारवान उससे कुछ कहने ही जा रहे थे कि वह स्वयं बोल उठा। उसकी आवाज दोस्ती के लायक थी। उसने शुद्ध अंगरेजी में कहा—"बैठिए मेरे मालिक, नाश्ता तैयार है।"

यह और कोई नहीं, पैगानेल था। पैगानेल मिल गया था।

वे इस स्थान पर सुरक्षित थे। वे सब पैगानेल के बारे में जानने को बेचैन थे। लेकिन ग्लीनारवान ने उन्हें रोक दिया।

"जंगली !" उन्होंने पूछा।

"जंगली !" पैगानेल ने कंधे हिलाते हुए कहा, "मैं उनसे बहुत नफरत करता हूँ। आइए इधर, और उनकी ओर तो देखिए।"

माओरी अब भी र्वत के नीचे उसी स्थान पर खड़े थे और शोर मचा रहे थे।

"चिल्लाओ। खूब शोर मचाओ ! थका दो अपने को, नरक के कीड़ो !" पैगानेल बोला।

"क्यों ?" ग्लीनारवान ने हैरानी से पूछा।

"क्योंकि इस पर्वत पर मुखिया की समाधि है; क्योंकि मैंने यहाँ शरण ली है; क्योंकि यह पर्वत ताबू किया हुआ है !"

"ताबू किया हुआ ?"

"हूँ, और इसीलिये तो मैंने यहाँ शरण ली है। यह हमारी शरण का स्थान है। कोई भी अधेड़ व्यक्ति यहाँ शरण ले सकता है।"

'और दोस्तो, अगर ये जंगली सोचते हैं कि वे हमारा हौंसला तहस-नहस कर देंगे तो वे गलती पर हैं। दो दिनों में ही हम उनकी पहुँच के बाहर हो जाएँगे।"

सभी को पैगानेल के विषय में जानने की उत्सुक थे। परंतु उसके पेट से एक बात भी न निकल रही थी। इन्होंने काफी कोशिश कर ली, लेकिन पैगानेल ने कोई जवाब न दिया।

"पैगानेल को आखिर हो क्या गया !" मैकनेब्स सोच रहा था।

वास्तव में वह पहले से कुछ बदल अवश्य गया था। फोरमियम का लबादा अपने चारों ओर लपेटता हुआ वह उन सबकी जिज्ञासा दूर करने को तैयार हो गया।

बहुत छिपाने पर भी उसकी घबराहट सब पर प्रकट हो ही गयी थी। उसने अपने साथियों को जो कुछ बताया वह इस प्रकार है–

मुखिया की मृत्यु के समय होनेवाली हलचल का लाभ उठाकर वह पाह से भाग निकला था। लेकिन एक दूसरे माओरी दल के हाथ पड़ गया था। उस दल का मुखिया बहुत बुद्धिमान मालूम देता था। वह शुद्ध अंगरेजी बोल लेता था। पैगानेल के चश्मे तथा दूरबीन को देखकर उसे कोई बड़ा आदमी समझा गया था। शायद इसी कारण मुखिया ने नाक रगड़कर उसे सलामी भी दी थी। यह सब देखकर पहले पैगानेल को बड़ी हैरानी हुई कि वह वास्तव में कैदी ही है या और कुछ ! लेकिन बाद में पता चला कि वह उनकी इच्छा के विरुद्ध हिल भी न

सकता था।

मुखिया का नाम था 'हिही', जिसका अर्थ होता है 'सूर्य-किरण।' वह बहुत बुरा व्यक्ति न था। उसने पैगानेल को अपने पास ही रखा था। लेकिन वह फोरमियम के रस्सों से बँधा था। इस अवस्था में वह तीन दिन रहा था। इन तीन दिनों में उससे बुरा सलूक किया गया था या अच्छा इसके जवाब में उसने कहा था कि किया भी गया था और नहीं भी। उसने कहा कि उसकी दशा अपने अभागे मित्रों से अधिक अच्छी न थी, सिर्फ उसे मौत का डर न था। भाग्य से एक रात वह अपने बंधन काटने में सफल हो गया और वहाँ से भाग निकला था।

उसे मालूम था कि समाधि मानगानामू पर्वत की चोटी पर बनी है। तभी उसने सोच लिया था कि जब तक मित्रों के विषय में पता नहीं चलता, यहीं ठहरना ठीक है। वह यहाँ तक पहुँचने में सफल हो गया था और रात यहीं बिताई।

यह था पैगानेल का कहना। साथियों ने उसे बधाइयाँ दीं। लेकिन अधिक देर तक वे भूतकाल में न रहकर वर्तमान में आ गये।

मामला गंभीर था। जंगली बड़ा पर्वत पर चढ़ाई न कर रहे थे तो भी भूख-प्यास त्याग कर नीचे डटे हुए थे। उन्हें वहाँ से हटाने के लिये काफी समय की जरूरत थी और जंगलियों में हौसला बहुत अधिक था। वे मौके की तलाश में थे। वे यह देखने के लिये घूमने लगे कि जंगलियों ने कितनी ओर से घेर रखा है। मेजर, जॉन, राबर्ट, पैगानेल तथा ग्लीनारवान ने पर्वत की ऊँचाई ज्ञात कर ली। चोटी की लंबाई लगभग एक मील थी। केवल एक पतला रास्ता ही दीख रहा था जिससे वे बाहर भाग सकते थे। यदि रात का अंधेरा उनकी सहायता करे तो वे भागकर नीचे की घाटियों में होते हुए माओरियों के पंजे से निकल सकते थे।

लेकिन यह रास्ता भी खतरे से खाली न था। निचले भाग से छोटी-छोटी गोलियाँ टकरा रही थीं। हवा से उड़कर कुछ गोलियाँ उनके पैरों से भी टकराईं; लेकिन उन्हें कोई नुकसान न पहुँचा। ये गोलियाँ छपे कागज से बनायी गयी थीं। पैगानेल ने एक गोली उठा ली और ध्यान से देखने लगा।

"ये गोलियाँ पता है किस कागज से बनाई गयी हैं ?" उसने कहा।

"किससे ?" ग्लीनारवान ने पूछा।

"बाइबिल के पन्नों से ! उस पवित्र पुस्तक का ऐसा उपयोग करनेवाले पुजारियों पर तो मुझे दया आती है।" पैगानेल ने उस कागज को जोर से पढ़ा। लिखा था–

"यह मेरा सौभाग्य है कि मैंने ईश्वर को पुकारा और उसने मेरी पुकार सुनी भी।"

"दोस्तो!" ग्लीनारवान बोले, "हमें उस वाक्य को दुबारा दोहराना चाहिए तथा हिम्मत और साहस से काम लेना चाहिए।"

वे जल्दी से समाधि में वापस लौट आये। रास्तें में उन्हें पर्वत हिलता-सा प्रतीत हुआ। लेकिन जल्दी ही उन्हें ध्यान आ गया कि यह कोई आश्चर्य की बात नहीं है, क्योंकि ज्वालामुखी पर्वत तो यह है ही।

"लेकिन, यहाँ उतना खतरा तो नहीं है जितना डंकन में इंजन बॉयलर के पास रहने में था।" ग्लीनारवान बोले।

"हूँ ! वास्तव में," मेजर ने कहा, "कितना ही मजबूत बॉयलर क्यों न हो, पुराना हो जाने पर बर्स्ट हो जाने का खतरा रहता ही है।"

"ठीक कहते हो मैकनेब्स," पैगानेल ने कहा, "फौरन हम यह स्थान छोड़ देंगे। लेकिन तब तक के लिये यही हमारा किला है। हम यहाँ सुरक्षित हैं। महिलाओं, आओ हम सब अपने महल का आदर करें।"

जब जंगलियों ने देखा कि कैदी दुबारा उनके पवित्र स्थान को अपवित्र करने पहुँच गये हैं तो वे दूने वेग से चिल्लाने लगे। गोलियाँ अधिक संख्या में चलायी जाने लगीं। लेकिन उनकी आवाज की भाँति गोलियाँ उतना ऊँचा रास्ता तय करने में बेबस थीं।

उनका अंधविश्वास गुस्से से कहीं अधिक ताकतवाला था। इतना गुस्सा होने पर भी वे पर्वत पर चढ़ने का साहस न कर सकते थे। यूरोपियनों का छोटा-सा दल बेधड़क समाधि के अंदर चला गया। समाधि के चारों ओर लाल रंग से रंगी हुई लोहे की छड़ों का घेरा बना था। उन पर तरह-तरह की चित्रकारी व नक्काशी की गयी थी। ताबीज, सीप तथा पत्थरों की मालाएँ टँगी थीं। फर्श पर हरी पत्तियों का कालीन बिछा था। मध्य में भूमि कुछ ऊँची थी। इसके नीचे मुखिया के हथियार आदि रखे थे।

''यहाँ तो सभी कुछ है, मुखिया। तो क्या, हम जरूर इसका इस्तेमाल कर सकते हैं।'' पैगानेल ने कहा।

''क्यों, ये बंदूकें तो अंगरेजी हैं।'' मेजर बोला।

''भोजन, जल सभी कुछ तो यहाँ है।'' पैगानेल ने कहा।

वास्तव में वहाँ पर इतना भोजन था कि दस आदमी पंद्रह दिन तक बिना किसी दिक्कत के रह सकते थे। भोजन शाकाहारी था, फर्न की जड़ें, मीठे शकरकंद, आलू इत्यादि। बड़े-बड़े बर्तनों में शुद्ध पानी था तथा लगभग एक दर्जन सुंदर टोकरियों में हरे रंग की टिकियाँ-सी रखी थीं। पता नहीं क्या चीज थी।

इसलिए उनकी भूख-प्यास शांत करने के लिये काफी सामान था। ग्लीनारवान ने ऑलबिनेट को कुछ सामान पकाने के लिये दिया। उसकी समझ में न आया कि जड़ों को किस प्रकार बनाया जाये और सबसे बड़ी बात तो यह थी कि आग न थी। पैगानेल ने सलाह दी कि जड़ों को कुछ देर भूमि में गाड़ देने से ही काम चल जाएगा। भूमि की ऊपरी सतह का तापक्रम लगभग 60^0 या 65^0 अवश्य होगा। लेकिन छेद करने पर और भी अधिक गर्मी मिल गयी। ऑलबिनेट ने जड़ें भूमि में दबा दीं। वाष्प की मंद धारा हल्की उत्पन्न करती हुई वायु में मिलने लगी।

स्टीवार्ड डर से पीछे हट गया।

''छेद बंद करो !'' दोनों मल्लाहों को ठेल कर आगे बढ़ता हुआ मेजर चिल्लाया और पत्थर, मिट्टी आदि से छेद बंद कर दिया गया।

पैगानेल इस घटना से अधिक खुश हो उठा। वह बोला—''ईश्वर ने हमारी कितनी मदद की है; भोजन, जल तो दिया ही, अग्नि भी दे दी है। मैं तो यही कहूँगा कि जीवन का आखिरी समय हमें यही बिता देना चाहिए। हम लोग मानगानामू पर्वत के रॉबिन्सन क्रूसो कहे जाएँगे। इस आरामदेह पर्वत पर हमें इससे अधिक और क्या चाहिए !''

''कुछ नहीं!'' जॉन मैंगिल्स बोला।

''सुबह का नाश्ता तैयार है।'' ऑलबिनेट ऐसे गर्व से बोला मानो कोई राजसी भोजन तैयार कर लाया हो।

इस भोजन में चुनाव का तो कोई सवाल ही न था। फर्न की जड़ें खाने में

वे हिचकिचा रहे थे, लेकिन पहले वही समाप्त किया गया। कोई बुरा स्वाद न था। हाँ, भुने हुए शकरकंद जरूर स्वादिष्ट थे।

नाश्ता खत्म करने पर ग्लानीरवान ने कहा कि अब समय बेकार न कर उन्हें फौरन यहाँ से निकलने की योजना बनानी चाहिए।

"बिल्कुल !" पैगानेल ने कहा।

"मैं सोचता हूँ," ग्लीनारवान ने कहा, "रात के अंधेरे में हम जंगलियों के घेरे से निकलकर पूर्व की ओर घाटियों में पहुँचने की कोशिश करेंगे।"

"ठीक है, अगर माओरी हमें निकल जाने दें !" पैगानेल ने कहा।

"अगर वे हमें न भागने दें ?" जॉन ने कहा।

"आखिरी सीमा तक कोशिश तो करेंगे ही," पैगानेल ने कहा। रात को इंतजार करने के सिवा कोई चारा न था। जंगली पूर्ववत् स्थान पर जमे हुए थे तथा उनकी संख्या बढ़ती ही जा रही थी। पहाड़ी के चारों ओर आग का घेरा बना दिया गया था। अंधेरा होने के साथ-साथ मानगानामू पर्वत की चोटियाँ बादलों से ढँकती जा रही थीं।

नौ बजे के लगभग अंधकार काफी घना हो गया। ग्लीनारवान जॉन मैंगिल्स दबे पाँव एक ओर चल पड़े। दस मिनट चलने के बाद वे एक संकरी पगडंडी पर पहुँच गये जिसकी ऊँचाई जंगलियों की भीड़ से केवल पंद्रह फुट थी। अभी तक किसी ने इन दोनों व्यक्तियों को देखा न था। वे दुबारा आगे बढ़ने लगे; लेकिन तभी दाहिने, बायें दोनों ओर से गोलियों की बौछारें आने लगीं।

"लौटो !" ग्लीनारवान चिल्लाए; "इनकी आँखें तो बिल्लियों के समान हैं।"

वे तेजी से ऊपर चढ़ने लगे। उन्हें सकुशल लौट आया देखकर साथियों ने चैन की साँस ली। बंदूकों की आवाजें सुनकर वे बुरी तरह घबरा गये थे। दो गोलियाँ ग्लीनारवान के हैट में छेद करती हुई निकल गयी थीं। लेकिन दोनों में से किसी को चोट न आयी थी।

"कल तक इंतजार करना पड़ेगा," पैगानेल ने कहा, "अब बहुत हो चुका। अब मैं जो कहूँ उसे मानना पड़ेगा।"

काफी ठंड थी। लेकिन उनके पास फोरमियम के लबादे थे। उन्होंने बिना हिचकिचाहट के लबादे पहन लिये। जल्दी ही उन्हें गहरी नींद आ गई।

परिच्छेद 14

सूर्य की रोशनी में यात्रियों ने आंखें खोलीं। आज 17 फरवरी थी। माओरी एक स्थान पर बैठे-बैठे ऊब गये थे और अब वे टहल-टहल कर पहरा दे रहे थे।

"मेरे मित्रो!" पैगानेल बोला, "मेरी योजना बहुत अच्छी है। मुझे उम्मीद भी है कि जीत जरूर मिलेगी। और यदि हम भी गए तब भी हमारी स्थिति वर्तमान से तो बुरी न होगी। लेकिन जीत मिलनी ही चाहिए और मिलेगी भी।"

"लेकिन योजना है क्या ?" मेजर ने पूछा।

"योजना यह है," पैगानेल बोला। "इन लोगों के अंधविश्वास से फायदा उठाया जा सकता है। यदि किसी प्रकार काई कोमाऊ को भरोसा दिला दिया जाये कि इस स्थान को अपवित्र करने के कारण ईश्वर ने गुस्सा होकर हमें मार डाला है, तो क्या वे वापस न लौट जाएँगे ?"

"लेकिन यह भरोसा किस प्रकार दिलाया जा सकता है ?" श्रीमती ग्लीनारवान ने पूछा।

"ज्वालामुखी की लपटें तो हमारे पैरों के नीचे ही मौजूद हैं बस खोलने की देर हैं।" पैगानेल ने जवाब दिया।

"क्या ! ज्वालामुखी खोलोगे ?" जॉन लगभग डर भय से चिल्ला उठा।

"हूँ, एक नकली विस्फोट करना होगा। केवल छेद करने से ही काम चल जाएगा। इसे हम काबू भी कर सकेंगे।"

"तरकीब तो वास्तव में अच्छी है।" मेजर ने कहा।

"खोलने के बाद हम काराटीटी की समाधि में छिप जाएँगे।"

"हूँ, और चार-पाँच दिनों तक वहीं छिपे रहेंगे जब तक जंगलियों को हमारी

मौत के बारे में भरोसा न हो जाएगा।'' ग्लीनारवान ने कहा।

''लेकिन मान लो, ऊपर चढ़कर वे हमारे मृत शरीरों को देखने आये तब ?'' कुमारी ग्रांट ने पूछा।

''न,'' पैगानेल ने जवाब दिया, ''यह पर्वत ताबू किया हुआ है। इस पर वे नहीं चढ़ सकते।''

''यह कार्य किस समय होगा ?'' श्रीमती ग्लीनारवान ने पूछा।

''आज रात में ही।'' पैगानेल ने जवाब दिया।

''मान गये भाई पैगानेल, तुम्हारी बुद्धि तेज है।'' मेजर बोला।

पैगानेल की योजना थी तो बहुत अच्छी लेकिन उसे अमल आसान न था।

क्या वे विस्फोट पर काबू रख सकेंगे ? क्या पूरी पहाड़ी जलकर भस्म न हो जाएगी ? इन सवालों का जवाब कौन दे सकता था।

पैगानेल के मस्तिष्क में भी यही सवाल चक्कर काट रहे थे, लेकिन वह अंतिम सीमा तक कोशिश करना चाहता था।

कितना लंबा था यह दिन ! भागने के लिये सभी तैयारियाँ कर ली गयीं। खाने का सामान छोटे-छोटे पैकेटों में बाँध लिया गया। कुछ बंदूकें तथा फोरमियम की चटाइयाँ भी रख ली गयीं। कहने की जरूरत नहीं कि सारा काम जंगलियों की नजर बचाकर किया गया।

छः बजे स्टीवार्ड ने सबको रात का भोजन दिया। अगला भोजन पता नहीं कब मिलेगा। बीच की प्लेट में छः मोटे-मोटे भुने हुए चूहे थे। श्रीमती ग्लीनारवान तथा मेरी ग्रांट ने इसे छूने से भी मना कर दिया। लेकिन बाकियों ने चूहे इतने शौक से खाये मानो ये सच्चे माओरी ही हों। मांस सचमुच में स्वादिष्ट था। हड्डियाँ तक चूस डाली गयीं।

सूर्य झील के उस पार बादलों में छिप गया था। आसमान में हल्का प्रकाश था। पैगानेल खुश हो उठा। तूफान आ रहा था। जंगलियों के अंधविश्वास की साबित करने का एक और साधन ईश्वर ने भेज दिया था।

आठ बजे तक पर्वत की चोटी घने अंधकार से ढँक गयी। माओरिस अब उन्हें देख न सकते थे। काम शुरू करने का समय आ गया था।

ग्लीनारवान, पैगानेल, मैकनेब्स, राबर्ट, स्टीवार्ड और दोनों मल्लाहों ने काम शुरू कर दिया।

छेद करने के लिये समाधि से तीन फुट दूरी पर एक स्थान चुना गया। यह जरूरी था कि समाधि को कोई हानि न पहुँचे, क्योंकि इसके खत्म होते ही पर्वत ताबू न रह जाता और जंगली ऊपर आ सकते थे।

पैगानेल ने पत्थर का एक बड़ा ढोंका खोज लिया, इसके चारों ओर भाप निकल रही थी। यह अपने भार के कारण ही वहाँ पर जमा था वरना उसे कभी की दूर फेंक चुकी होती। यदि वे उसे हटाने में सफल हो जाते तो काम हो सकता था।

वे वृक्षों की डालों की मदद से ढोंका हटाने की कोशिश करने लगे। काफी मेहनत के फलस्वरूप ढोंका अपने स्थान से कुछ हट गया। धुआँ तथा भाप अधिक तेजी से निकलने लगी। वे अपना काम करते रहे। जल्दी ही अग्नि की धाराएँ निकलने लगीं और वातावरण खतरनाक हो गया। एक जोरदार धक्का लगने से ढोंका अपने स्थान से हट गया तथा पर्वत के ढाल पर लुढ़कता हुआ गायब हो गया। अग्नि के फौव्वारे भयानक आवाज करता हुआ आकाश की ओर उठने लगा। खौलता पानी तथा लावा ढाल से होकर बहता-बहता जंगलियों के डेरे तथा गाँव में भरने लगा। पर्वत हिलने लगा। ऐसा लग रहा था मानो कुछ समय में यह सब अथाह गर्त में समा जाएगा।

ग्लीनारवान तथा उनके साथी तेजी से समाधि में घुस गये। अग्नि की तीव्र चमक से आस-पास की घाटियाँ तक रोशन हो उठी थीं। जंगलियों के चीखने-चिल्लाने की आवाजें, लावे तथा अग्नि की भयंकर आवाज के कारण, धीमी सुनायी पड़ रही थीं। एक घंटा बीतने के बाद चारों ओर पर्वत की ढलानें लावे से ढँक गयी थीं।

चूहे अपने-अपने बिलों से निकलकर गर्म भूमि पर दौड़ने लगे। कैदी छिपकर अपने भयानक तांडव का परिणाम देखते जाते थे। सुबह हो गयी लेकिन अग्नि तथा लावे के फौव्वारों के वेग में लेशमात्र भी कमी न हुई। जलती हुई पर्वत चोटी देख रहे जंगलियों के चेहरे पर डर साफ झलक रहा था।

इसी समय काई कोमाऊ जंगलियों के मध्य आ खड़ा हुआ। ग्लीनारवान ने उसे अच्छी तरह पहचाना। वे सब पर्वत की ओर बढ़े, लेकिन ऊपर चढ़ते हुए न दिखायी दिये।

"वे लोग जा रहे हें !" ग्लीनारवान खुशी से चीख पड़े।

"ईश्वर ने हमारी कितनी मदद की। हमारी योजना सफल कर दी।"

बेचारे कैदियों की खुशी का अनुमान लगाना कठिन है। उम्मीद एक बार दुबारा उनके दिल में चमक उठी। वे भूत, भविष्य सब भूल गये। इस समय उनके सामने केवल वर्तमान था। इस अनजान देश में किसी योरोपियन स्टेशन का पता लगा लेना कोई आसान काम न था।

उस दिन तो भागने का सवाल ही न उठता था। पैगानेल ने न्यूजीलैंड का मानचित्र भूमि पर बिछा दिया। सबके सब योजनाएँ बनाने में तल्लीन हो गये।

कुछ वाद-विवाद के बाद तय हुआ कि वे यहाँ से सौ मील दूर प्लेंटी खाड़ी जायेंगे। रोजाना दस मील का रास्ता तय करने पर वे दस दिन में पहुँच जायेंगे।

नौ बजे रात के समय अंधेरा काफी घना हो गया था। ग्लीनारवान ने चलने की सूचना दे दी। वे काराटीटी की समाधि के बाहर निकल आये और चुपचाप बड़ी सावधानी से ढाल पर उतरने के बाद वे उस स्थान पर पहुँच गये जहाँ पिछली शाम, जंगलियों के डेरे पड़े थे। लगभग चौथाई मील भूमि छोड़कर पर्वत के चारों ओर लकड़ी का घेरा लगा था। फिर भी इस समय घेरा दिखायी न पड़ रहा था, लेकिन उन लोगों को मालूम था इसलिए वे ऊपर चढ़ने लगे। तभी जॉन रुक गया। उसे लगा कहीं किसी के बोलने की आहट आ रही है। सब साँस रोककर खड़े हो गये। घेरे से लटके हुए इन व्यक्तियों की दशा का वर्णन करना मुश्किल है। कुछ देर इंतजार करने पर दुबारा आवाज न सुनायी पड़ी। वे दुबारा ऊपर चढ़ने लगे। कुछ देर बाद वे दूसरी ओर पहुँच गये।

परिच्छेद 15

अंधेरे ने भागने में मदद की। पैगानेल उनका रास्ता बतला रहा था। फिर भी यह जगह स्वयं उसके लिये भी नया था, तब भी वह बुद्धिमत्ता से गहरे अंधकार में तेजी से उन्हें रास्ता बताता जा रहा था।

वे तीन घंटे लगातार बिना रुके चलते ही रहे। पैगानेल ने दक्षिण-पूर्व दिशा में चलने का इशारा किया। नौ बजे सुबह वे बारह मील का रास्ता तय कर चुके थे। बारह घंटे में बारह मील की यात्रा, स्त्रियों ने वास्तव में साहस का परिचय दिया था। थैलों से खाने-पीने का सामान निकाला गया। दो बजे तक विश्राम करने के बाद वे पूर्व दिशा की ओर बढ़ चले। आठ मील का रास्ता तय कर, शाम को दुबारा डेरा डाल दिया गया।

अगले दिन उनके सामने गंभीर कठिनाइयाँ थीं। रास्ते में ज्वालामुखी झीलें, गंधक के झरने, गर्म पानी के सोते इत्यादि रास्ता रोकने रास्ता की कोशिश में थे। उनके पैर थम चुके थे; लेकिन आँखें प्रकृति के इन सुंदर नजारों से हटने का नाम न लेती थीं।

बीस मील के विशाल क्षेत्र का नजारा बड़ा सुंदर लग रहा था। नमकीन पानी के झरनों से पानी बड़े वेग से आस-पास के वृक्षों से होता हुआ गिर रहा था। जले हुए पाउडर की-सी गंध आ रही थी। आस-पास की भूमि पर नमक जम गया था। ऐसा लगता था मानो बर्फ जमी हो। गर्म पानी के झरनों से किनारों पर विशालकाय फर्न उगे थे।

बेचारे यात्री इस सुंदर नजरों से परिपूर्ण रास्ते पर चलते हुए भी कठिनाइयों के कारण बुरी तरह थक गये। यहाँ पर डेरा डालना बड़ा मुश्किल था। चारों ओर

दूर-दूर तक किसी पक्षी का नाम-निशान तक न था, जिसका शिकार कर वे अपनी भूख मिटा सकते। खाने के लिये बस उन्हें फर्न की जड़ें तथा मीठे शकरकंद ही मिल सकते थे। इसलिये वे इस वीरान रेगिस्तानी स्थान को वे छोड़ देना चाहते थे।

तेईस फरवरी को वे मानगानामू पर्वत से पचास मील दूर पहुँच चुके थे। आज राबर्ट तथा मैकनेब्स ने तीन किवी पक्षी मारे। ऑलबिनेट ने इन्हें पका डाला। "खाने की मेज" (यद्यपि वहाँ कोई मेज न थी) पर आने के कुछ ही समय बाद उसकी हड्डियाँ तक चूस डाली गयीं। पैगानेल ने चाहा कि इस स्थान का नाम ग्लीनारवान रख दिया जाये। कुछ देर के बाद यह तय कर लिया गया। पैगानेल ने मानचित्र में नोट कर लिया।

वे सारे दिन जंगलों, मैदानों को पार करते रहे। उन्हें धूप या वर्षा कोई कष्ट न दे रही थी, लेकिन निरंतर बढ़ती हुई थकान के कारण वे जल्दी से जल्दी अपने स्थान पर पहुँच जाना चाहते थे।

ग्लीनारवान अन्य सबसे कुछ अलग चल रहे थे। अपने विचारों में खोये हुए थे। वे सोच रहे थे, यदि डंकन मिल जाये तो क्या होगा? डंकन में उनके साथी होंगे?

कैप्टन ग्रांट के विषय में कुछ सोचना बेकार था। क्योंकि अब वे उनकी खोज किस प्रकार कर सकते थे। लेकिन जॉन मैंगिल्स तथा मेरी ग्रांट में वारे-अतोउआ में जो बात हुई थी उसे जॉन भूला न था। वह अपने वचन का पक्का था। इस समय वे दोनों कैप्टन ग्रांट के विषय में बात कर रहे थे। जॉन अब भी मेरी को घौंसला दिला रहा था कि वह कोशिश जरूर करेगा। श्रीमती ग्लीनारवान भी बीच-बीच में बातचीत में हिस्सा लेती थीं। लेकिन उनके दिल में अब कैप्टन को पाने की तनिक भी आशा न थी।

तीन दिनों तक वे उस मिट्टी पर चलते रहे। जिसने आज तक कभी मनुष्य के पैर का स्पर्श न किया था। यहाँ के जंगलों में किवी पक्षी बहुत अधिक मात्रा में था। यात्रियों ने बहुत मात्रा में पक्षी जमा कर लिये।

पहली मार्च को वे लोग पाँच हजार पाँच सौ फुट ऊँचे इकीरांगी पर्वत के पास पहुँच गये। डेरा डाल दिया गया। उन्होंने लगभग सौ मील का मार्ग तय किया था। किनारा यहाँ से कम से कम तीस मील दूर था। उन्होंने पहले दस

दिनों का हिसाब लगाया था। लेकिन रास्ते की मुसीबतों ने उनका रास्ता दुगना बना दिया था। अब भी उन्हें कम-से-क्म दो दिनों तक और चलना था। सबसे बड़ी बात तो यह थी कि यहाँ बड़ी सावधानी से काम लेना था क्योंकि आस-पास जंगली रहते थे।

थकान को महत्त्व न देकर वे दूसरे दिन सुबह होते ही दुबारा चल पड़े। दाहिनी ओर स्थित इराकांगी पर्वत तथा हार्डी पर्वत के बीच के रास्ते पर चलते समय उन्हें बहुत कष्ट का सामना करना पड़ा। लगभग दस मील क्षेत्र में ''सपिलजैक'' नामक एक रेंगनेवाला पौधा लगा था। चलते समय लताएँ उनके शरीर पर साँप की भाँति लिपट जाती थीं।

खाने-पीने का सामान भी खत्म हो रहा था। जब बिल्कुल खत्म हो गया। बढ़ती हुई थकान के साथ ही वे प्यास से व्याकुल हो रहे थे।

प्यास और थकान बढ़ जाने पर उनके पैरों ने आगे बढ़ने से मना कर दिया। यह पहला अवसर था जब उनकी शक्ति ने बिल्कुल जवाब दे दिया। वे किसी प्रकार अपने शरीर के बोझ को आगे ठेलते रहे। आखिर वे लौटिन बिंदु पर पैसिफिक के किनारे पहुँच गये। यहाँ पर उन्हें कुछ सूनी झोपड़ियाँ दिखायी पड़ीं। ऐसा लग रहा था कि कुछ दिन पहले यहाँ पर युद्ध हुआ हो। शायद ईश्वर उनकी कोई अन्य परीक्षा लेने की तैयारी कर रहा था। तभी जॉन चिल्लाया–''एक नाव ! एक नाव !''

उनसे कुछ गज दूरी पर छः पतवारों वाली एक नौका थी। वे तेजी से नौका में सवार हो गये। दस मिनट में ही वे किनारे से चौथाई मील दूर निकल गये। समुद्र शांत था। यात्री बिल्कुल चुपचाप बैठे थे।

जॉन नहीं चाहता था कि नौका किनारे से अधिक दूर ले जायी जाये। वह किनारे-किनारे ही आगे बढ़ना चाहता था। तभी उसने देखा लौटिन बिंदु की ओर से तीन नौकाएँ उनकी नौका की ओर बढ़ी आ रही हैं। वे तेजी से अपनी नाव दूर ले जाने की कोशिश करने लगे। लेकिन थके यात्रियों की शक्ति ने जल्दी ही जवाब दे दिया। हारकर उन्होंने पतवारें छोड़ दीं। जंगली धीरे-धीरे पास आते जा रहे थे। ग्लीनारवान की आँखें दूर आसमान की ओर उठी थीं। वे अत्यंत बेचैन रहे थे। सारी आशाएँ धूल में मिल गयीं। तभी उनका चेहरा चमक उठा।

''जहाज ! जहाज !'' वे चिल्लाए, ''सचमुच जहाज ही है, हमारी ओर आ

रहा है।"

बेचारे यात्रियों के दिल में दुबारा हल्की उम्मीद जगी। जहाज धीरे-धीरे दिख रहा था। ग्लीनारवान बड़ी उत्सुकता से दूरबीन में नेत्र गड़ाये एकटक जहाज की ओर देख रहे थे। अचानक उनके माथे पर बल पड़ गये। चेहरा पीला हो गया। दूरबीन हाथों से छूटकर गिर पड़ी।

"डंकन !" ग्लीनावान चिल्लाए, "डंकन और बदमाश !"

"डंकन !" जॉन के हाथ से पतवार छूट गयी।

"हूँ ! दोनों ओर से मौत ही है।" ग्लीनारवान बुझी आवाज में बोले।

जॉन मैंगिल्स निराशा से पागल हो गया। वह नौका उलटने ही जा रहा था कि राबर्ट चिल्ला उठा–

"तौम ऑस्तिन ! तौम ऑस्तिन ! वह डेक पर है, बिल्कुल साफ दीख रहा है ! उसने हमें पहचान लिया है। देखो हैट हिला रहा है।"

तीनों नौकाओं से गोलियाँ चलाई जा रही थीं। डंकन से नारों की आवाज साफ सुनाई पड़ने लगी। जंगलियों ने डर से अपनी नौकाएँ पुनः किनारे की ओर मोड़ लीं।

थोड़े ही समय में दसों यात्री डंकन पर सुरक्षित पहुंच गए थे।

परिच्छेद 16

इतने दुःख तथा कष्ट झेलने के बाद वे अब डंकन पर थे। उनकी भावनाओं का वर्णन बयान नहीं किया जा सकता। डंकन में उपस्थित व्यक्ति खुशी के नारे लगा रहे थे। ग्लीनारवान तथा उनके साथियों के बाल तथा दाढ़ी बढ़ गयी थी। फोरनियम के लबादे पहने वे इस समय बहुत थके लग रहे थे। भाग्य उन्हें ऐसे स्थान पर ले आया था जिसे दुबारा देख पाने की आशा वे छोड़ चुके थे।

शरीर थकान व भूख-प्यास से शिथिल होता जा रहा था। लेकिन ग्लीनारवान उसकी परवाह न कर बोले–"डंकन न्यूजीलैंड के किनारे कैसे पहुँच गया ? क्या बेन जॉयस के हाथ में नहीं पड़ गया था ?"

"बेन जॉयस ? यह कौन है ?" तौम ऑस्तिन ने पूछा।

"नहीं जानते ?" ग्लीनारवान बूढ़े मल्लाह के जवाब से संतुष्ट होते हुए बोले, "तब मुझे बताओ कि डंकन यहाँ पहुँच कैसे गया?"

यात्री तौम ऑस्तिन के जवाब से हैरान हो गये थे। वे उत्सुकता से उसके चेहरे की ओर देख रहे थे। वह शांत स्वर में बोला–"डंकन इस समय यहाँ आप ही की आज्ञा से है।"

"मेरी आज्ञा से !" ग्लीनारवान चौंककर बोलें।

"हाँ, मेरे मालिक ! मैं आपके आदेशों का पालन करता हुआ डंकन को यहाँ तक लाया हूँ। चौदह जनवरी को जो पत्र आपने लिखा था उसमें यही आदेश तो दिया गया था।"

"मेरा पत्र ! मेरा पत्र !" ग्लीनारवान ने दुहराया।

तो स्नोई रिवर के पास लिखा गया पत्र वास्तव में डंकन पहुँच गया था।

"तौम, मेरी समझ में कुछ नहीं आ रहा है। कृपया बताओ तो, कब कौन-सा पत्र तुम्हें मिला?" ग्लीनारवान के माथे पर पसीने की बूँदें छलछला आयीं।

"मेलबार्न में, जिस समय मैं जहाज की मरम्मत कर रहा था।"

"आपके द्वारा लिखा गया तो न था, लेकिन नीचे आपके हस्ताक्षर थे, मेरे मालिक।"

"मेरा पत्र बेन जॉयस नाम का कोई व्यक्ति लाया था ?"

"नहीं, आइर्टन नामक मल्लाह लाया था ?"

"नहीं, आइर्टन और बेन जॉयस एक ही व्यक्ति है। लेकिन पत्र में लिखा क्या था ?"

"उसमें आदेश दिया था कि बिना देर किये मेलबार्न छोड़ दो और—"

"और आस्ट्रेलिया के पूर्वी किनारों पर पहुँचो!" सभी यात्रियों ने एक साथ वाक्य पूरा किया।

"नहीं, न्यूजीलैंड के पूर्वी किनारें पर पहुँचो," तौम ने जवाब दिया।

यात्री दुबारा दृढ़ता से बोले "नहीं, आस्ट्रेलिया पहुँचने का आदेश दिया गया था।"

उनकी निड़रता देखकर तौम ने सोचा, शायद उसने पढ़ने में भूल की है। उसने इतनी बड़ी भूल कर डाली। वह बुरी तरह घबड़ा गया।

"कोई बात नहीं तौम। ईश्वर की यही इच्छा थी!" श्रीमती ग्लीनारवान ने कहा।

"क्षमा कीजिएगा," तौम ने कहा, "यह मुमकिन नहीं है कि मेंने इतनी बड़ी भूल कर डाली हो। मुझे अच्छी तरह याद है, आइर्टन ने कई बार पत्र पढ़ा था और यह भी कहा था कि आस्ट्रेलिया के बजाय गलती से न्यूजीलैंड लिख गया है !"

"आइर्टन !" ग्लीनारवान बोले।

"हाँ, उसने कहा था कि मुझे ठीक-ठीक पता लगाकर ही चलना चाहिए।"

"क्या तुम्हारे पास वह पत्र है ?" मेजर ने पूछा।

"हाँ, श्रीमान् मैकनेब्स, मैं अभी जाकर लाता हूँ।"

"ऑस्तिन अपने केबिन में घुस गया। उसकी अनुपस्थिति में सब चुप थे।

मेजर अपनी नजर पैगानेल के चेहरे पर गड़ाते हुए बोला–

"यह बहुत बुरा हुआ।"

"क्या ?" पैगानेल चश्मे से धूरकर बोला।

ऑस्तिन लौट आया। उसके हाथ में पैगानेल के द्वारा लिखा गया एक पत्र था। नीचे ग्लीनारवान के हस्ताक्षर थे।

"इसे पढ़िए, मालिक !" बूढ़े मल्लाह ने कहा।

ग्लीनारवान ने पढ़ा :–"तौम ऑस्तिन को आज्ञा दी जाती है कि वह जल्दी, बिना देर किए यहाँ से रवाना हो जाये और न्यूजीलैंड के पूर्वी किनारों पर पहुँचे।"

"न्यूजीलैंड !" पैगानेल के मुख से चीख निकल गयी। ग्लीनारवान के हाथ से पत्र छीन लिया, आँखें मलीं तथा चश्मा ठीक कर दुबारा पत्र पढ़ा।

"न्यूजीलैंड !" वह ऐसी आवाज में बोला कि यहाँ पर उसका वर्णन नहीं किया जा सकता। पत्र उसके हाथों से गिर पड़ा।

उसने अपने कंधों पर हाथ के स्पर्श का अनुभव किया। चेहरा घुमाकर देखा मेजर था।

"खूब किया, पैगानेल," वह लंबी साँस लेकर बोला "यह तो कहो तुमने उन्हें न्यूजीलैंड ही भेजा, कोचीन-चाइना नहीं भेज दिया !"

इस व्यंग्य ने पैगानेल को और भी परेशान कर दिया। वह बेचैनी से अपना सिर हिलाता हुआ टहलने लगा। दूसरे यात्री उसकी दशा देखकर हँस पड़े। वह केबिन की सीढ़ियों की ओर गया, फिर पूर्व स्थान पर लौटकर डेक पर चला गया, दुबारा कुछ सोचा और तेज कदमों से जहाज के अगले भाग में चला गया। तभी उसके पैर एक रस्सी से फंदे में उलझ गये। वह फिसल गया। गिरते समय उसके हाथ रस्सी पर कस गये। भयानक ध्वनि से वायुमंडल काँप उठा। पैगानेल जहाज चलाने के हिस्से में जा गिरा। वास्तव में यह रस्सी तोप से संबंधित थी। उसके खिंचते ही तोप चल गयी थी। सबने सोच लिया, अब पैगानेल को बेहोशी की हालत में ले आये। वे उसे जहाज के पिछले भाग में ले गये। उसके साथी बड़े दुखी हो गये। मेजर को चिकित्सा-शास्त्र का काफी ज्ञान था। उसने कुछ कपड़े उतार देने के लिये पैगानेल के शरीर को जैसे ही हाथ लगाया–पैगानेल होश में आता हुआ एकदम चौंक गया। उसने मेजर का हाथ झटक कर कोट के बटन

तेजी से बंद कर लिये।

"नहीं ! नहीं !" वह चिल्लाया।

"लेकिन पैगानेल–" मेजर ने समझाने की कोशिश की।

"नहीं !" मैं कह रहा हूँ।

"लेकिन तुम–"

"हूँ ! लेकिन मेरा जो अंग घायल हुआ है, उसे बढ़ई बना देगा।"

"कौन-सा अंग ?"

"वह रास्ता जिसके द्वारा मैं स्टीरेज में जा गिरा था।" यह जवाब सुनते ही हँसी का ठहाका गूँज उठा। वास्तव में पैगानेल को तनिक भी चोट न आयी थी। लेकिन पैगानेल से अभी एक सवाल पूछना जरूरी था।

"अच्छा, पैगानेल," ग्लीनारवान बोले "बिल्कुल सच बताना। तुम्हारी यह भूल एक दैवी घटना थी। लेकिन यह बताओ कि उस समय तुम्हारे दिमाग में कौन से विचार घूम रहे थे जब यह पत्र लिखा गया था।"

"मेरे ग्लीनारवान, मैं क्या कह सकता हूँ, कुछ समझ में नहीं आता।"

इस रहस्य का उद्‌घाटन नाश्ता खत्म हो जाने पर हुआ। ग्लीनारवान तथा जॉन ने तौम से दुबारा पूछ-ताछ शुरू की।

"क्या इस विचित्र आज्ञा से तुम्हें तनिक भी आश्चर्य न हुआ था ?"

"माँ, मेरे मालिक, हैरानी तो मुझे बहुत हुई; लेकिन में सदा से ही आप लोगों की आज्ञा का पालन करता रहा हूँ। मैं इसके अलावा और कर भी क्या सकता था ? फिर कैप्टन ग्रांट के लिये तो मुझे कहीं भी भेज दिया जाता तो मैं चला जाता। जब आइर्टन–"

"आइर्टन अब कहाँ होगा ?" ग्लीनारवान ने पूछा।

"वह यहीं है।"

"यहाँ !" ग्लीनारवान के मुख से चीख निकल गयी।

"हाँ, मेरे मालिक।"

"कहाँ है वह ?" ग्लीनारवान तेजी से बोलें।

"जहाज के अगले भाग में कैद है।"

"क्यों ?"

“जब उसे पता लगा कि जहाज न्यूजीलैंड की ओर जा रहा है, उसने रास्ता बदल देने के लिये कहा। मेरे मना करने पर वह विद्रोही हो गया। उसकी वजह से खतरा उत्पन्न हो सकता था इसलिए उसे बन्द कर दिया गया।”

“उसे यहाँ ले आओ।”

परिच्छेद 17

आइर्टन कदम बढ़ाता हुआ उनकी ओर बढ़ रहा था। पास आकर दोनों हाथ बाँधकर सवाल की प्रतीक्षा में खड़ा हो गया।

''आइर्टन,'' ग्लीनारवान बोले, ''हम दुबारा मिल रहे हैं, और उसी जहाज पर जिसे तुम जंगलियों के हाथ सौंप देना चाहते थे।''

इन शब्दों को सुनकर उसके होठों में हल्का-सा कंपन हुआ। चेहरे पर हल्की लाली छा गयी। वह लाली क्रोध की नहीं, लज्जा की थी। उसने कोई जवाब न दिया। ग्लीनारवान धैर्य से इंतजार करते रहे।

''बोलो, आइर्टन, तुम्हें क्या कहना है ?''

आइर्टन ने हिचकिचा कर कंधे हिलाए और शांत स्वर में बोला—''मुझे कुछ नहीं कहना है, मालिक। मैं बहुत पागल बन चुका हूँ। आपकी जो इच्छा हो कीजिए।''

''मैं सोचता हूँ, आइर्टन,'' वे बोले, ''मैं जो पूछूँगा उसका जवाब मुझे मिलेगा। सबसे पहले तो यह बताओ कि तुम्हें आइर्टन कहा जाये कि बेन जॉयस और तुम ब्रिटानिया फौज के अफसर हो कि नहीं ?''

आइर्टन चुप रहा। मानो उसने सवाल सुना ही न हो। ग्लीनारवान की आँखों में गुस्से का भाव था।

''क्या तुम मुझे बताओगे कि तुमने ब्रिटानिया (एक जहाज का नाम) किस प्रकार छोड़ा था, और आस्ट्रेलिया कैसे पहुँच गये थे ?''

वह फिर भी चुप रहा।

''ध्यान से मेरी बात सुनो, आइर्टन,'' ग्लीनारवान आगे बोले ''बोलना न बोलना तुम्हारी इच्छा पर निर्भर है। मैं आखिरी बार पूछता हूँ, तुम जवाब दोगे कि

नहीं ?''

आइर्टन ने अपना चेहरा ग्लीनारवान की ओर घुमा लिया।

''मेरे मालिक,'' वह बोला, ''मुझे कुछ नहीं कहना है। मैं अपने खिलाफ़ कोई बात आखिर किस प्रकार कहूँ ?''

''आइर्टन, मैं कोई जज नहीं हूँ। मैं तुम्हारे खिलाफ कोई बात न पूछूँगा। लेकिन तुम उन व्यक्तियों के विषय में बता दो जो आस्ट्रेलिया में खो गये हैं। बताओगे कि नहीं ?''

आइर्टन ने अपना सिर हिलाया।

''क्या तुम बताओगे कि कैप्टन ग्रांट कहाँ हैं ?''

''नहीं, मेरे मालिक।''

''क्या बताओगे, ब्रिटानिया कहाँ पर खत्म हुआ था ?''

''न।''

''आइर्टन,'' ग्लीनारवान बोले, ''कम-से-कम कैप्टन के बच्चे पर तो तरस खाओ।''

आइर्टन कुछ हिचकिचाया। उसका चेहरा कुछ नरम पड़ गया। लेकिन वह धीमी आवाज में बोला–''मैं कुछ नहीं कर सकता, मालिक।''

लेकिन कठोरता से बोला मानो अब तक किसी दबाव में आकर बात करता रहा हो।

''नहीं ! मैं नहीं बताऊँगा ! चाहो तो मुझे लटका सकते हो।''

ग्लीनारवान के चेहरे पर गुस्सा दिखाई दिया। क्या किया जा सकता था ? योरोप तो वापस लौटना ही था। ब्रिटानिया, जिसमें कैप्टन ग्रांट आस्ट्रेलिया गये थे, पूर्णतया गायब हो गया था। एक व्यक्ति, जो इस विषय में सब कुछ जानता था, कुछ बताने को तैयार न था। 37वीं अक्षांश पर और कोई देश न था। वापस लौटने के अलावा और कोई चारा न था।

ग्लीनारवान ने अपने दोस्तों के सामने वापस लौट चलने का प्रस्ताव रखा। कैप्टन ने देखा, कोयला करीब-करीब समाप्त हो गया था। ईंधन लेना बहुत जरूरी था। जॉन मैंगिल्स ने सलाह दी कि जहाज पहले ताल काहुआनो खाड़ी तक ले जाया जाये। वहाँ से सभी जरूरी वस्तुएँ लेकर वापस स्कॉटलैंड को रवाना हो जाया जाये।

परिच्छेद 18

आइर्टन को ग्लीनारवान के सामने पेश किया गया।

"क्या तुम कुछ बात करना चाहते हो ?" ग्लीनारवान ने पूछा।

"हाँ, मालिक।"

"केवल मुझसे ?"

"हाँ, परंतु मैं सोचता हूँ, मेजर मैकनेब्स तथा पैगानेल भी उपस्थित रहें।"

आइर्टन ने शांतिपूर्वक कहा। ग्लीनारवान ने एक तेज नजर उसके चेहरे पर डाली और कहा "मैं उन्हें बुलाने जा रहा हूँ।"

"हम तैयार हैं," ग्लीनारवान ने कहा। वे दोनों आ गये थे।

"मेरे मालिक, मैं एक सौदा करना चाहता हूँ।"

ग्लीनारवान इस व्यक्ति के रवैये से उकता गये थे। फिर भी अपने को संयत करते हुए बोले, "कौन-सा सौदा ?"

"बात यह है कि आप मुझसे कुछ बातें जानना चाहते हैं, बदले में मैं भी आपसे कुछ माँगना चाहता हूँ।"

ग्लीनारवान पहले तो हिचकिचाए, फिर उसकी शर्त मान ली।

"क्या कहना चाहते हो तुम ?"

"मुझे पैसिफिक के किसी सूनसान द्वीप पर छोड़ दीजिए, साथ में कुछ खाने-पीने की सामग्री भी। बस, इतना ही चाहिए मुझे।"

ग्लीनारवान इस प्रस्ताव के लिये तैयार न थे। वे दोनों दोस्तों का चेहरा देखने लगे। कुछ देर चुप रहकर बोले–

"मुझे तुम्हारी शर्त स्वीकार है। क्या तुम मेरी सभी बातों का जवाब दोगे ?"

“हाँ, मेरे मालिक, ब्रिटानिया और कैप्टन ग्रांट के विषय में जो भी जानता हूँ जरूर बताऊँगा।”

“बिल्कुल सच-सच ?”

“बिल्कुल सच।”

“परंतु पता कैसे लगेगा कि तुम सच कह रहे हो ?”

“मेरे मालिक, आप मेरे शब्दों पर विश्वास कीजिए। इससे अधिक मैं और क्या कह सकता हूँ ?” वह बोला, “मुझे एक बात और कहनी है। मैं कैप्टन के विषय में बहुत कम जानता हूँ।”

“बहुत कम ?” ग्लीनारवान तेज स्वर में बोले।

“हाँ मालिक, आप यह शर्त मंजूर कर नुकसान में रहेंगे, यह भी बताए देता हूँ।”

ग्लीनारवान तथा मेजर काफी निराश हो गये। उन्हें भरोसा था कि यह व्यक्ति अपने दिल में कोई भारी भेद छिपाए हैं।

“मैं फिर चेतावनी देता हूँ कि इस सौदे में आपको कोई विशेष लाभ न होगा लेकिन मुझे बहुत हो जाएगा।”

“कोई बात नहीं,” ग्लीनारवान ने कहा, “मुझे तुम्हारा प्रस्ताव मंजूर है। मैं तुम्हें वचन देता हूँ कि तुम्हें पैसिफिक के किसी सूनसान द्वीप पर छोड़ दिया जाएगा।”

“ठीक है, मैं जवाब देने के लिये तैयार हूँ।”

“मुझे तुमसे कुछ सवाल पूछने हैं। सबसे पहले तो यह बताओ कि तुम हो कौन ?”

“मैं वास्तव में टॉय आइर्टन हूँ। ब्रिटानिया जहाज का कप्तान था। 12 मार्च 1861 को मैं ग्लास्गो छोड़कर कैप्टन ग्रांट के जहाज पर सवार हो गया। लगभग चौदह महीने तक हम पैसिफिक में, स्कॉट कालोनी बनाने के लिये उपयुक्त स्थान की खोज करते रहे। कैप्टेन ग्रांट के विचार मेरे विचारों से मेल न खाते थे। मैंने दूसरे साथियों को अपनी ओर मिलाने की काफी कोशिश। मैंने यह ठीक किया या गलत, नहीं जानता। कैप्टन ग्रांट काफी गुस्सा हो चुके थे। उन्होंने बिना हिचकिचाए 8 अप्रैल 1861 को आस्ट्रेलिया के पश्चिमी किनारे पर मुझे अकेला छोड़ दिया।”

"आस्ट्रेलिया !" मेजर के मुख से निकला, "इसका मतलब ब्रिटानिया के कैलाओ पहुँचने से पहले ही तुम उतर गये थे ?"

"हाँ!" कप्तान ने जवाब दिया।

"कहते चलो!" ग्लीनारवान ने कहा।

"मैंने अपने आपको उस सूनसान किनारे पर अकेला पाया। लेकिन वहाँ से बीस मील की दूरी पर आस्ट्रेलिया की राजधानी स्थित है। पैदल चलते-चलते मुझे जंगलियों का एक समूह मिला। मैं उनसे मिल गया। धीरे-धीरे मैं उस समूह का मुखिया बन गया। मेरा नाम बदल कर बेन जॉयस हो गया। सन् 1864 में सितंबर के महीने में मैं एक आइरिश व्यक्ति के फार्म में नौकर हो गया। यहाँ पर मैंने अपना असली नाम आइर्टन बताया। इस समय मुझे एक जहाज की जरूरत थी। ठीक दो माह बाद मुझे डंकन दिखाई दिया। जब आप आइरिश व्यक्ति के फार्म पर गये थे, आपने कैप्टन ग्रांट का इतिहास सुनाया था। मैं यह कह सकता हूँ कि उसी समय मैंने डंकन अपना लेने का विचार किया। उस समय मैंने स्वयं को एक जहाजी कप्तान के रूप में प्रस्तुत किया तथा जहाज मेलबार्न ले जाने की सलाह दी। वहीं पर आपका जहाज टूटकर बेकार हो गया, जिसकी योजना पहले से ही बना ली गयी थी। तब मैं आप लोगों को स्नोई रिवर तक ले गया था। वहाँ पहुँच कर मैंने तथा मेरे साथियों ने बैल तथा भैंसों को गैस्ट्रोलोनियम खिला कर मार डाला। गाड़ियाँ जान-बूझकर कीचड़ में धँसा दीं। आगे का हाल आप स्वयं ही जानते हैं। और आप यह भी जानते हैं कि यदि श्री पैगानेल इतनी बड़ी भूल न करते तो आप लोग आज यहाँ होते भी न और मैं इस जहाज का मालिक होता। यह है मेरा इतिहास। आप समझ गये होंगे कि शर्त स्वीकार कर आपको घाटा ही हुआ है। कैप्टन के बारे में इससे कुछ भी नहीं पता लगता।"

आइर्टन दोनों हाथ बाँधे चुप खड़ा था। ग्लीनारवान तथा उनके दोस्त भी चुप् थे।

आखिर मेजर से न रहा गया। उसने पूछा, "जिस दिन तुम्हें आस्ट्रेलिया के पश्चिमी किनारे पर छोड़ा गया, 8 अप्रैल ही थी ?"

"हाँ!"

"तुम्हें मालूम है, कैप्टन उसके बाद क्या करना चाहते थे ?"

"मुझे अधिक नहीं मालूम है।"

"जो तुम जानते हो वही बताओ!" ग्लीनारवान ने कहा।

"जहाँ तक मैं जानता हूँ, कैलाओ छोड़ने के बाद वे न्यूजीलैंड जाना चाहते थे। इससे अधिक मैं कुछ नहीं जानता।"

"ठीक है, आइर्टन, तुमने अपना वचन पूरा किया है अब मैं भी अपना वचन निभाऊँगा अवश्य। हमें यह तय करना है कि तुम्हें किस द्वीप पर छोड़ा जाये।"

"उससे कोई अंतर नहीं पड़ेगा, मेरे मालिक।"

"अपने केबिन में लौट जाओ और हमारे जवाब का इंतजार करो।" दो मल्लाह उसे लेकर चले गये।

"बुद्धिमान व्यक्ति है लेकिन अपनी सारी बुद्धि बुरे कामों में लगा रहा है।" ग्लीनारवान ने कहा।

"लेकिन कैप्टन ग्रांट ?"

"अब उनके मिलने की उम्मीद छोड़ दो। बेचारे बच्चे, उनसे कौन उनके पिता के विषय में कहेगा ?"

लेकिन पैगानेल का कहना था कि यदि उनका जहाज यहाँ आकर नष्ट होता तो कुछ निशान आदि तो मिलने ही चाहिए थे। उसके विचार से कैप्टन ग्रांट जीवित थे।

परिच्छेद 19

आइर्टन के वक्तव्य से कैप्टन ग्रांट पर कोई प्रकाश न पड़ा। इससे वे बड़े निराश हो गये। दूसरी बात उन्हें एक द्वीप का चुनाव करना था जहाँ आइर्टन को छोड़ना था।

पैगानेल तथा जॉन मैंगिल्स ने मानचित्र देखना शुरू किया। 37वीं अक्षांश पर मेरिया थेरेसा नामक द्वीप था, जिसकी दूरी अमेरिकी किनारे 3,500 मील थी तथा न्यूजीलैंड से 1,500 मील थी। आज तक कोई जहाज इस द्वीप पर न गया था। आज तक किसी मनुष्य की बोली वहाँ न सुनाई पड़ी थी। केवल पक्षियों की ध्वनियाँ अवश्य सुनी जा सकती थीं। कई मानचित्रों में तो इस पथरीले स्थान का नाम भी न था।

अगर दुनिया में बिल्कुल एकांत कहीं मिल सकता था तो वह यह द्वीप ही हो सकता था। आइर्टन से इस विषय में कहा गया तथा उसने स्वीकार भी कर लिया। वे मेरिया थेरेसा की ओर चल पड़े। दो दिन बाद दो बजे दोपहर में भूमि के दर्शन हुए। यह मेरिया थेरेसा था। धीरे-धीरे द्वीप दिख गया। पाँच बजे शाम को जॉन मैंगिल्स को द्वीप से धुआँ-सा निकलता दीख पड़ा।

"ज्वालामुखी है क्या," उसने पैगानेल से पूछा। पैगानेल बड़े ध्यान से दूरबीन में से नये द्वीप की ओर देख रहा था।

"पता नहीं," पैगानेल ने जवाब दिया, "इस स्थान के विषय में अधिक मालूम नहीं।"

"जॉन," ग्लीनारवान ने कहा, "क्या हम रात होने से पहले नहीं पहुँच सकते ?"

"नहीं। मैं अंधकार में उस अनजाने द्वीप तक जाने की बिल्कुल सलाह नहीं दे सकता।"

आठ बज गये थे। अंधकार में द्वीप एक लंबी छाया के समान दीख रहा था। वे द्वीप से केवल पाँच मील की दूरी पर थे। नौ बजे के लगभग अंधकार में एक रोशनी चमक उठी। यह रोशनी कुछ देर में स्थायी हो गयी।

"सिद्ध हो गया कि यह ज्वालामुखी ही है।" पैगानेल ने कहा।

"लेकिन कोई आवाज़ तो आनी चाहिए थी।" जॉन ने कहा।

"यह ज्वालामुखी जल तो रहा है, लेकिन कोई आवाज नहीं हो रही।" पैगानेल ने कहा।

"अरे, देखो, फिर आग जली, यह तो हिल रही है!" जॉन चिल्लाया।

जॉन का कहना ठीक था। एक नयी अग्नि प्रज्वलित हो उठी थी। कभी लगता था कि बस अब बुझनेवाली है लेकिन यह दुबारा हो जाती थी।

"द्वीप पर अवश्य मनुष्य हैं ?" ग्लीनारवान ने कहा।

"हम आइर्टन को यहाँ छोड़ेंगे ?"

"नहीं। यहाँ छोड़ना उचित न होगा।"

"शायद यहाँ जंगली रहते हैं।"

ग्यारह बजे का समय था। वे सब अपने केबिन में चले गये। केवल मल्लाह रक्षा के लिये जागते रहे। मेरी तथा राबर्ट डेक पर आ गये। वे दुःखी थे, यह कहने की जरूरत नहीं। दोनों चुपचाप रोशनी की ओर देख रहे थे। मेरी राबर्ट के भविष्य के विषय में सोच रही थी। दोनों अपने पिता के विषय में सोच रहे थे। क्या वे जीवित हैं ? क्या अब मिलने की उम्मीद छोड़ देनी चाहिए ?

"मेरी", राबर्ट ने कहा, "मुझे अब भी उम्मीद है, हमारे पिता इस प्रकार नहीं मर सकते।"

"कैप्टन मैंग्लिस को अब भी उम्मीद है ?" मेरी ने पूछा।

जिस समय ये लोग बातों में खो गये थे एक अनहोनी घटना हो गयी। दोनों के दिमाग में एक ही विचार कौंध गया। मेरी तथा राबर्ट को लगा, लहरों से एक आवाज आ रही है जिसे सुनकर उनके शरीर में रोमांच हो आया।

"सहायता ! सहायता !" आवाज चिल्लायी।

"मेरी, सुना तुमने ?"

वे दोनों जहाज की रेलिंग से सटकर खड़े हो गये और ध्यान से सुनने लगे। वे समुद्र में आँख गड़ाकर देखने लगे परंतु अंधेरे के अलावा कुछ भी न दीख पड़ा।

"राबर्ट!" मेरी ने काँपते अधरों से कहा, "मुझे लगता है—मुझे लगता है—लेकिन शायद हमें भ्रम हुआ है राबर्ट !" तभी एक साफ आवाज सुनायी दी। दोनों एक साथ बोल पड़े—

"पिताजी ! पिताजी !"

मेरी के लिये इतना ही बहुत था, वह बेहोश हो राबर्ट की बाँहों में गिर पड़ी।

"सहायता !" राबर्ट चिल्ला उठा, "मेरी बहन ! मेरे पिता ! सहायता !"

सबसे पहले मल्लाह धीरे-धीरे डेक पर आ गये। वे सब नींद में चीख सुनकर बुरी तरह घबरा गये थे।

"मेरी बहन मर गयी, मेरे पिताजी वहाँ हैं। मैंने उनकी आवाज सुनी है। मेरी ने भी सुनी थी!" राबर्ट ने समुद्र की लहरों की ओर इशारा करते हुए कहा।

किसी की समझ में न आया कि बात क्या है?

इसी समय मेरी होश में आकर चिल्लायी—

"मेरे पिता! मेरे पिता वहाँ हैं, श्रीमती ग्लीनारवान !" वह अपने हाथ मलते हुए बार-बार कहने लगी, "मैं कहती हूँ, मेरे पिता वहाँ हैं। मेरी बात पर विश्वास कीजिए। बड़ी करुण आवाज थी, जैसे कोई व्यक्ति अंतिम समय में चिल्ला रहा हो।"

वे समझ गये कि मेरी तथा राबर्ट भ्रम में पड़ गये हैं। ग्लीनारवान ने राबर्ट का हाथ अपने हाथ में लेकर पूछा—

"तुमने अपने पिता की आवाज सुनीं है, मेरे बच्चे ?"

"हाँ। लहरों के अंदर से उनकी चीख सुनाई दी—सहायता ! सहायता !"

"तुमने उनकी आवाज पहचाननी थी ?"

"बिल्कुल ! मेरी बहन ने भी पहचाना। हम दोनों धोखा नहीं खा सकते।"

"हॉकिन, तुम उस समय इंजन के पास थे जब इन्होंने ध्वनि सुनी थी ?"

"हाँ मालिक।"

"तुम्हें सुनाई पड़ी थी ?"

"नहीं मालिक, मैंने तो कुछ भी नहीं सुना।"

"सुना तुमने यह क्या कहता है, राबर्ट ?"

"अगर वह हॉकिन का पिता होता तो उसे जरूर सुनाई पड़ जाता। वह मेरे पिता थे ! मेरे पिता !" राबर्ट बलपूर्वक बोला। राबर्ट का आखिरी शब्द सिसकियों में डूब गया।

वे सब बिल्कुल चुप हो गये। उन्हें अफसोस हो रहा था कि भ्रम ने दोनों भाई-बहनों की दशा चिंताजनक कर दी है। पैगानेल पूरी शक्ति से चिल्लाया; लेकिन किसी ने उसका जवाब न दिया।

दूसरे दिन आठ मार्च थी। सुबह के पाँच बजे थे। वे सब डेक पर खड़े थे। वे द्वीप देखने के लिये उत्सुक थे। सभी कुछ स्पष्ट दिखाई पड़ रहा था।

राबर्ट ने देखा, किनारे पर दो मनुष्य खड़े एक झंडा हिला रहे हैं।

"अंगरेजी ध्वज !" जॉन मैंगिल्स खुशी से चिल्लाया।

"सच !" पैगानेल के मुख से निकला।

"ओह ! कोई नौका नहीं है। मैं सबसे पहले भूमि पर पैर रखूँगा !" राबर्ट बोला।

किसी को एक शब्द भी बोलने का साहस न हुआ। रात की घटना अभी ताजी ही थी। शायद बालक ने भूल न की थी। एक नौका तेजी से जल में उतार दी गयी। कैप्टन ग्रांट के दोनों बच्चे, ग्लीनारवान, जॉन मैंगिलिस, पैगानेल तथा छः मल्लाह उसमें बैठ गये। वे अब केवल बीस गज की दूरी पर थे, इसी समय मेरी चिल्ली उठी—"मेरे पिता !"

सामने किनारे पर एक व्यक्ति दो मनुष्यों के बीच खड़ा था। उसके लंबे-चौड़े शरीर तथा वीरतापूर्ण चेहरे में मेरी तथा राबर्ट की झलक दीख रही थी। यह उनका पिता था ! कैप्टन ग्रांट !

कैप्टन ने मेरी की चीख सुनी। वह अपनी भुजाएँ फैलाकर भूमि पर गिर पड़ा।

परिच्छेद 20

मनुष्य खुशी से मर नहीं जाता यही अच्छा है। इस नजारे का वर्णन करने की शक्ति मनुष्य में नहीं है। वे कैप्टन ग्रांट को नौका में बैठाकर जहाज तक ले आये। नौका में बैठे-बैठे राबर्ट ग्लीनारवान तथा उनके साथियों की तारीफ के पुल बाँधता रहा। कैप्टन ने काँपते स्वर में उन्हें धन्यवाद दिया। कैप्टन के चेहरे पर सादगी का भाव था। आँखों से महत्ता टपक रही थी। ग्लीनारवान की आंखे खुशी से भर आयी थी। मेजर ने सबकी नजर बचाकर अपनी आँखें पोंछ लीं। पैगानेल तो बच्चों की भाँति रो रहा था।

कैप्टन अपने बच्चों को देखते हुए थक ही नहीं रहे थे। इतने वर्षों में कितने बदल गये थे दोनों। मेरी अब बहुत सुंदर हो गयी थी। राबर्ट ! वह तो कितना बदल गया था। अब तो बिल्कुल आदमी लग रहा था।

राबर्ट ने अपने मित्रों का परिचय पिता से करवाया। जॉन मैंगिल्स अपनी बारी आने पर लड़कियों की भाँति झेंप गया। उसने काँपते स्वर से मेरी के पिता को नमस्कार किया। श्रीमती ग्लीनारवान ने राबर्ट के साहस की कहानियाँ सुनायीं। इसके बाद मेरी तथा जॉन मैंगिल्स के विवाह का प्रस्ताव रखा।

काफी देर इधर-उधर की बातों के बाद ग्लीनारवान ने आइर्टन के विषय में बताया। परंतु इससे पहले कि उसे मेरिया थेरेसा पर छोड़ दिया जाये, कैप्टन ग्रांट ने उन सबको अपने लकड़ी के घर में बुलाया तथा अपने नये मित्रों से परिचय कराया। राबर्ट तथा मेरी उस स्थान को देखने के लिये बड़े उत्सुक थे जहाँ उनके पिता ने इतने दिन अकेले काटे थे।

जहाज नष्ट होने के बाद वे कुछ मल्लाहों के साथ इस द्वीप पर आये थे। इतने दिनों में यहाँ बड़ा परिवर्तन हो गया था। इन लोगों ने यहाँ खेती-बाड़ी शुरू

कर दी थी। यात्री उनकी छोटी-सी लकड़ी की झोपड़ी में दाखिल हुए। खिड़कियों के सामने अथाह सागर लहरें मार रहा था। कुछ देर बाद वे खाने की मेज पर बैठ गये। उनके सामने बढ़िया स्वादिष्ट भोजन था।

"आइर्टन पर दया न करनी चाहिए, यह द्वीप तो बहुत ही सुंदर स्थान है!" पैगानेल ने कहा।

"हाँ, यह तो तुम अब कह रहे हो, पहले की दशा मालूम होती तब पता लगता।" कैप्टन ग्रांट ने अपनी कहानी सुनानी शुरू की।

"26 या 27 जून की रात थी जब ब्रिटानिया इस द्वीप की चट्टानों से आ टकराया था। केवल दो मल्लाह बॉब लीर्स, जो बेल तथा मैं ही किनारे तक पहुँचने में सफल हुआ। उस समय यह स्थान बिल्कुल सूनसान था। लगभग तीस वृक्ष थे, चारों ओर खूब घास उगी थी। स्वच्छ जल का एक झरना था। हम लोगों ने बड़ी कठिनता से खेती शुरू की। यह दिन तो इतने कष्टदायक थे कि याद करने से रोमांच हो आता है। यहाँ पर जंगली बकरे भी थे। बकरियाँ पाल लेने से हमें दूध भी मिलने लगा। चट्टान की दरारों में "नारउऊ," नामक पौधा होता है। उसकी रोटी बनाई जाने लगी।

"हम लोगों ने एक छोटा सा घर बना लिया। खाने-पीने की कमी अब न थी। हम यहाँ से छुटकारा पाकर अपने देश लौट जाना चाहते थे लेकिन नाव के द्वारा इतना लंबा रास्ता तय करना मुश्किल था। हम ऊँची चट्टानों पर चढ़कर जहाज की प्रतीक्षा में दूर तक देखते रहते थे। इतने दिनों में केवल दो या तीन जहाज दिखाई दिये। वे भी जल्दी ही गायब हो गये। अब हमें कोई उम्मीद न थी, फिर भी हम निराश न हुए।

"कल सुबह मैं द्वीप की सबसे ऊँची चट्टान पर बैठा था, पश्चिम की ओर मुझे धुआँ-सा दीख पड़ा जो बढ़ता ही गया। जल्दी ही एक जहाज दिखाई दिया। यह हमारी ही ओर बढ़ रहा था। उस समय की मेरी दशा का अनुमान आप न कर सकेंगे। मेरे साथियों ने अपनी उपस्थिति जताने के लिये अग्नि जला दी, लेकिन किसी ने हमें देखा हो ऐसा कोई निशान नजर न आया।

"मुझसे अधिक न रुका गया। मैं समुद्र में कूद पड़ा तथा तेजी से आगे बढ़ा। जहाज से लगभग तीस गज की दूरी से मैं चिल्लाया, जिसे केवल मेरे बच्चों ने ही सुना।

"मैं वापस किनारे पर लौट आया। लेकिन भावनाओं के ज्वार से बेहोश होकर गिर पड़ा। मेरे दोनों साथियों ने मुझे अधमरा पाया। पिछली रात बड़ी मुश्किल से बीती। सुबह का प्रकाश फैलते ही मैंने जहाज की ओर देखा। तुम्हारी नौका नीचे उतारी जा रही थी। आगे का हाल तो तुम जानते ही हो।"

भोजन खत्म होने पर वे जरूरी सामग्री लेकर जहाज पर चढ़ गये। आइर्टन को जहाज पर लाया गया।

"यह मैं हूँ, आइर्टन!" ग्रांट व्यंग्य से बोले।

"हाँ, यह आप हैं!" आइर्टन ने कहा।

"तुम मेरा स्थान ग्रहण करने जा रहे हो। ईश्वर तुम्हारी रक्षा करे।"

"ऐसा ही हो!" आइर्टन शांत स्वर में बोला।

"मेरी बात सुनो। आइर्टन, यहाँ रहने का विचार त्याग दो। यहाँ अकेले रहना आसान नहीं है। डंकन के वापस लौट जाने पर तुम कभी न लौट सकोगे। अच्छी तरह विचार कर लो। अपनी स्थिति समझने का प्रयत्न करो।"

"ईश्वर आपका भला करें।" आइर्टन बोला। ग्लीनारवान तथा आइर्टन के मध्य हुई बातचीत के अंतिम शब्द यही थे।

नौका तैयार थी। आइर्टन उसमें बैठ गया। जॉन भी बैठ गया। खाने-पीने की सामग्री रख दी गयी, जिससे कुछ दिनों तक उसे कष्ट न हो।

अलग होने का समय आ गया। दूसरे यात्री डेक पर खड़े थे। मेरी तथा श्रीमती ग्लीनारवान अपनी भावनाओं पर नियंत्रण न रख पा रही थीं।

"वास्तव में इस व्यक्ति को यहाँ छोड़ देना ठीक होगा ?" हेलेना ने पति से पूछा।

"अवश्य, यह शर्त तो की जा चुकी है।"

नौका चला दी गयी। आइर्टन खड़ा था। सभी यात्री अपनी टोपियाँ हिला रहे थे। नौका शांति से आगे बढ़ रही थी।

द्वीप के निकट पहुँचते ही आइर्टन किनारे की भूमि पर कूद गया। इस समय शाम के चार बजे थे। डेक पर खड़े व्यक्ति उस ओर टकटकी बाँधे देख रहे थे। आइर्टन बुत बना खड़ा था।

जॉन वापस जहाज पर पहुँच गया था। जहाज सरक चला। वे द्वीप से दूर होते जा रहे थे। आठ बजते-बजते सारा नजारा अंधकार में कहीं खो गया।

परिच्छेद 21

ग्यारह घंटे लगातार चलने के बाद डंकन ने अपना लंगर तालकाहुआनो की खाड़ी में डाल दिया। वे खुशी से फूले न समा रहे थे। किसी के दिल में किसी के प्रति ईर्ष्या-द्वेष का भाव न था। वे आपस में बहुत खुल गये थे। मेरी ग्रांट तथा जॉन मैंगिल्स की स्थिति बदल चुकी थी। उनकी सभी भावनाएँ एक हो गयी थीं। लेकिन एक बात ने मेजर की जिज्ञासा बढ़ा दी थी। आजकल पैगानेल का दिमाग किसी दूसरी बात में लगा था। वह कुछ खोया-खोया-सा रहता।

दस मई को ग्यारह बजे वे उम्बार्टन पहुँचे। दो बजे दूसरे यात्री खुशी के नारे लगाते हुए अंदर दाखिल हुए। यहाँ पर यह बता देना आवश्यक है कि पैगानेल की स्थिति सभी की चर्चा का विषय बन चुकी थी।

जहाज में एक महिला थीं, जिनकी उम्र लगभग तीस वर्ष होगी। रिश्ते में मेजर की बहन लगती थीं। पैगानेल का खोया रहना उन्हें अच्छा लगा। वे उसकी ओर आकर्षित हो उठीं। तीस वर्ष की उम्र हो जाने पर भी उनकी उम्र कम लगती थी। चेहरा सुंदर कहा जा सकता था।

''कुमारी एराबेला तुम्हें पसंद नहीं ?'' मेजर ने पूछा।

''ओह मेजर, वह तो बड़ी अच्छी है!'' पैगानेल कुछ खुशी से बोला, ''अगर मैं उसके साथ रह पाता।''

''तुमने कुछ सोचा है, क्या ?''

''कहने का साहस नहीं।''

''इसमें झिझकने की क्या बात है ?''

''मैं कुमारी एराबेला के लायक नहीं।''

कुछ दिनों में यह बात छिपी न रही। मेल्काम कैसिल के गिरजे में उनका विवाह हो गया। विवाह के समय पैगानेल ने बहुत सुंदर वस्त्र धारण किये थे। लेकिन कोट की सारी बटनें बंद थीं। आखिर हमेशा बटनें बंद रखने का मतलब क्या है ? सभी को जानने की बड़ी इच्छा। आखिर भेद का पता मेजर को लग गया। मेजर ने ग्लीनारवान से कह दिया। उन्होंने अपनी पत्नी को बता दिया। उनकी पत्नी से श्रीमती मैंगिल्स को ज्ञात हो गया। बात यह थी कि जो दिन उसने जंगलियों के मध्य व्यतीत किये थे, उनकी निशानी उसके शरीर पर बाकी थी। उसके शरीर पर सिर से पाँव तक गोदने से चित्रकारी की गयी थी। छाती पर किवी पक्षी पंख फैलाए बना था।

●●●